BURKHARD DRIEST

DIE VERROHUNG DES FRANZ BLUM

Bibliografische Information der Deutschen Nationalbibliothek:
Die Deutsche Nationalbibliothek verzeichnet diese Publikation
in der Deutschen Nationalbibliografie; detaillierte bibliografische
Daten sind im Internet über http://dnb.dnb.de abrufbar.

© 2014 LIT Verlag Expeditionen GmbH
Burkhard Driest
Die Verrohung des Franz Blum
Dieses Buch ist zuerst 1974 bei Rowohlt erschienen
Cover: Burkhardt Driest – Birgitta Sjöblom
Printed in Germany

ISBN 978-3-943863-06-2

Name? Blum. Vorname? Franz. Geboren? Am 29. 4.
39. Wo? Berlin. Staatsangehörigkeit? Deutsch. Wohn-
nort, Straße? Abitur. Beruf? Versicherungskaufmann.
Größe, Haarfarbe? Eins neunzig, dunkelblond. Farbe
der Augen? Blau. Besondere Kenn/eichen? Narbe
auf dem linken Handrücken. Beschuldigung: Ge-
meinschaftlich begangener schwerer Raub, als einzi-
ger gefasst.
Sie kommen nachts im Untersuchungsgefängnis an.
Zwei Mann in grüner Uniform schieben ihn durch
ein riesiges Gittertor und bringen ihn in die Schreib-
stube.
Noch mal: Name, Alter, Beruf.
Taschen ausleeren, Schlips und Gürtel abgeben. Die
Schnürsenkel kann er behalten. Er fragt warum. Der
Beamte hebt den Kopf, auf der rot glänzenden Nase
ein entzündeter Pickel.
„Damit kannst du die Wanzen fesseln."
Er bekommt drei Decken, Bettzeug, Nachthemd,
Zahnpulver, ein Stück Kernseife, ein blechernes Ess-
geschirr, einen Blechteller, Messer, Gabel und Löffel
(auf dem Löffel ein Hakenkreuz), eine Blechtasse.
„Fünfzehn."
Blum versucht die Sachen zu verstauen. Der Beamte
zeigt ihm, wie man's macht. Eine der Decken wird

auf den Boden gelegt, das ganze Zeug kommt da drauf, dann wird die Decke an vier Ecken zusammengebunden und als Bündel über die Schulter gehievt. Er wird wieder durch eine Gittertür geschleust. Während der Beamte hinter ihm abschließt, wartet Blum mit seinem Pack auf dem Rücken in der Halle des großen Zellenhauses, in die von den oberen Galerien eine freischwebende Treppe führt. Die Schritte des abgehenden Beamten. Zelle fünfzehn ist unten, gleich links.

Die Tür wird hinter ihm verriegelt. Er tastet sich vor zur Pritsche und breitet seine Decken aus. Er zieht sich aus, legt die Sachen auf die Erde. Er schlurft an der Wand entlang bis zur Ecke, weiter, die nächste Wand, tastet mit dem rechten Fuß immer vorsichtig nach vorne, stößt gegen den Kübel, nimmt den Deckel ab und hebt ihn hoch. Dabei fasst er mit dem Daumen in den eingelassenen Deckelrand, fasst in etwas Nasses, Klebriges, von dem er nicht weiß, ob es die Pisse des Vormannes oder dünnflüssige Scheiße ist. Aus dem Kübel steigt ein Duft nach Mandeln.

Eine Klingel schrillt. Blum reißt die Augen auf. Licht flammt an. In einem rechteckigen Mauerdurchbruch über der Tür hängt eine nackte Glühbirne.

Blums Zelle: zwei mal drei Meter, die schmale Holzpritsche, ein

kleiner Tisch, der Schemel, an der Wand ein Holzkasten. In der Ecke der Kübel, daneben eine Wasser-

kanne, eine Waschschüssel. Eine Viertelstunde nach
dem Klingelzeichen hallen Rufe und Schritte durch
das Gefängnis. Messingkübel klappern. Wenig später
das von Tür zu Tür wandernde Geräusch des ins
Schloss gestoßenen Schlüssels.

Das Geräusch nähert sich Blums Zelle.

Blum steht auf und wäscht sich. Das Wasser spritzt.
Er muss sich tief bücken. Er versucht, das Wasser
unter seine Achseln zu schaufeln. Die Waschschüssel
kippt um. Blums Zellentür fliegt auf. Ein Gefangener
in blauer Anstaltskleidung schreit:

„Kübeln!"

Blum steht da mit nacktem Oberkörper und den Füßen in der Pfütze. „Was ist los? Wollen Sie nicht kübeln?"

In der Tür grüne Uniform mit blauen Augen.

„Was soll ich?"

„Kübeln, Mensch! Den Kübel ausschütten! Oder
sind da Erinnerungen drin, von denen Sie sich nicht
trennen können?"

Blum nimmt den Kübel in beide Hände und geht
damit zur Tür. Die Zellen längs des Gangs stehen
auf, aber es ist keiner zu sehen. Er dreht sich um.
Von der anderen Seite des Gangs kommen jetzt die
Gefangenen mit ihren Kübeln. Sie gehen in schnel-
lem Schritt an ihm vorüber, Blum folgt ihnen. Am
Ende des Zellengangs ist ein Spülraum, da stehen sie

mit ihren Kübeln Schlange. Der vorderste schüttet in das Spülbecken, spült unter fließendem Wasser aus, tritt nach rechts zur Seile und füllt mit einer Büchse aus einer Tonne gelbes, flüssiges Desinfektionsmittel in den Kübel. Langsam rückt die Schlange vor. Es stinkt. Keiner redet.

Blums Vordermann ist schmal und winzig, etwa vierzig. Geschoben von hinten, stößt Blum ihm den nassen Kübelrand in den Nacken.

Blum ist vorne. Er weiß nicht, wie er den Kübel packen soll, ohne dass ihm der Inhalt beim Auskippen über die Finger läuft.

„Los mach hin!" schnauzt sein Hintermann und stößt ihn an. Blum greift in den Kübel, und die braune Soße fließt ihm über die Hände. Er tritt an die Tonne, nimmt die Büchse, taucht sie ein. Seine Hand verschwindet im gelben Desinfektionsmittel.

Zurück zur Zelle, die Flüssigkeit im Kübel schaukelt. Blum merkt, dass der Deckel fehlt. Blum dreht um, zum Spülraum zurück. Nach einigen Schritten die brüllende Stimme des Beamten: „He, wo wollen Sie hin?"

„Ich habe den Deckel vergessen."

Blum ist stehengeblieben. Der Beamte kommt schnell heran.

„Sie sind mir vorhin schon aufgefallen."

„Ich habe den Deckel im Spülraum vergessen."

„Ja mei, was stehen Sie dann hier rum."

Blum holt den Deckel. Er ist rot im Gesicht, leichter Schweiß auf der Stirn.

Der Beamte bringt ihn zur Zelle.

„Was ist denn da los?"

„Mir ist die Schüssel umgekippt."

„Gestern eingeliefert? Sie waren wohl besoffen, was?"

Blum steht mit runterhängenden Armen. Der Beamte grinst.

„Dann sehen Sie mal zu, wie Sie die Schweinerei wieder wegkriegen. Die Zelle muss sauber sein. Pieksauber."

Die Tür fällt zu.

Blum setzt sich auf den Hocker.

Die Tür wird aufgerissen. Blum geht und blickt in den Zellengang. Der Esstrupp in weißen Kitteln. Einer zieht den Wagen, auf dem drei Kübel stehen. Ein anderer verteilt daraus mit der Kelle in die ausgestreckten Blechnapfe. Blum holt seinen Blechnapf.

„Über den Kübel halten!"

Mit der großen Kelle ein Schlag Haferschleimsuppe.

„Den anderen Napf-, schreit der Kalfaktor.

Blum müde zum Tisch, holt den anderen Blechnapf. Er wird mit heißem Ersatzkaffee gefüllt. Zurück zum Tisch, setzt ab, wieder zur Tür. Ein anderer Gefangener mit einem Bauchladen voll Brotscheiben.

„Hol den Blechteller!..

Holt den Blechteller. Der letzte der Esskolonne schmeißt ihm mit einer zweizinkigen Gabel ein flaches Stück vorgeformter Margarine drauf. Die Tür wird verschlossen und verriegelt.

Blum isst.

Die Tür geht auf.

„Packen Sie Ihre Sachen zusammen und kommen Sie mit."

Sie gehen durch die zentrale Kuppelhalle, steigen die freischwebende Treppe zum ersten Zellengang hoch. Der Beamte öffnet Zelle Nummer 31. Blum fragt, wie's weitergehen soll.

Achselzucken.

Der Beamte schließt hinter ihm zu. Blum schmeißt sein Bündel aufs Bett. Die Zelle ist größer und heller, etwa vier mal vier Meter, aber genauso möbliert wie die vorige (genauso wie alle folgenden). Rechts ist ein Waschbecken mit fließendem Wasser, links ein Spülklo.

Blum stellt den Hocker unters Fenster und steigt drauf. Jetzt kann er durch Gitter und Scheibe sehen. Weiter nicht. Vor dem Fenster ist eine Plastikblende angebracht, die die Sicht versperrt.

Der Fußboden, aus braunen, breiten Holzbohlen, ist gut eingewachst und gebohnert. In der Mitte sind die Bohlen abgetreten.

Drei Stunden, dann hört er vom Gang das Geräusch der fallenden Riegel. Der Esstrupp kommt näher.

Kessel klappern. Er knotet sein Bündel auf, entnimmt ihm die zwei Blechnäpfe. Die Tür geht auf. Er tritt raus.

Sein Nachbar zur Linken beugt sich über den Kessel. Blum sieht nur den Rücken.

Blum setzt sich und starrt in die Suppe. Er schüttet sie in die Toilette und spült den Napf mit kaltem Wasser aus. Eine Schicht von klebrigem Talg bleibt im Napf zurück.

Er geht zur Pritsche, legt das Bündel an das Kopfende. Er kratzt sich, blickt auf seine Fingernägel. Er kippt um und streckt die Beine aus. An der geweißten Zellendecke ist ein großer, ockerfarbener, braungeränderter Fleck. Daneben sind ein paar kleine wie Blasen von diesem großen Fleck abtreibende Flecken.

Auf dem Gang wieder das Pötte- und Füßeklappern. Jemand schreit vor seiner Zelle: „Nachschlag?"

Die Klappe vor dem Spion außen an der Tür wird zurückgeschoben. Das Auge des Wärters erscheint.

Blum will keinen Nachschlag. Trotzdem wird die Tür aufgeschlossen und der Wärter:

„Am Tag auf dem Bett rumflözen, gibt's nich! Sitzen auch nich! Runter da!"

Blum setzt sich auf den Schemel.

„Wenn ein Beamter in die Zelle kommt, und solange er in der Zelle ist, hat der Gefangene zu stehen!"

Blum steht auf.

Nachmittags holen sie ihn ins Vernehmungszimmer. Hinter dem Schreibtisch hockt ein kleiner dicker Mann, der Amtsrichter. Er sei beauftragt, einen vom Amtsgericht Langden erlassenen Haftbefehl, die sogenannte Überhaft, zu verkünden, sagt er.

„So", sagt Blum.

„Ja, so!" schreit der Amtsrichter. Er fiept durch die Lippen.

„Sie werden beschuldigt, im Zuständigkeitsbereich des Amtsgerichts Langden Anfang dieses Jahres mit einem oder mehreren Mittätern eine Bank ..."

Der Amtsrichter hat rötliche Flecken im Gesicht.

Wieder in der Zelle. Der Beamte, der Blum gebracht hat, zeigt auf den Tisch. „Da liegt Papier. Sie haben als Neuzugang das Recht, Ihren Angehörigen Mitteilung zu machen."

Blum sitzt am Tisch und starrt auf das Papier, ein einziges DIN-A-5- Blatt, liniert, bräunlich mit Holzfaserungen und auf dem Kopf ein Stempel mit dem Datum, daneben ein grüner Umschlag.

Nach dem Abendessen noch zweieinhalb Stunden, bis das Licht ausgeht, ohne Klicken und ohne Vorankündigung. Auf dem Zellengang die langsamen schweren Schritte des wachhabenden Beamten. Vor Blums Tür bleibt der Beamte stehen. Die Klappe des Spions schabt und fällt zurück. Es ist Ende Mai.

Ein Beamter brüllt: „Freistunde." Die Zellen werden

aufgeriegelt, und die Gefangenen stellen sich davor auf. „Ausrücken –!" Die Gefangenen gehen hinunter in den Hof. Jeweils dreißig Mann. Ein Beamter bezieht Posten an der Hoftür, ein anderer auf der Gegenseite. Drei Seiten des Hofes werden von den Zellenblocks, die vierte von einer hohen Mauer gebildet. Über der Mauer Stacheldrahtrollen. Die Gefangenen gehen einzeln und hintereinander. Sprechen ist verboten, ebenso der Austausch von Zetteln.

Blum gehört zur Gruppe der Untersuchungsgefangenen, die noch Zivilkleidung tragen. Manchmal wird ein Gefangener, der sich nicht an das Sprechverbot gehalten hat, vor Ende der Freistunde in den Block zurückgeführt. Die meisten sind unter dreißig. Vor Blum geht einer, der etwa einundzwanzig ist, sportlich und zuversichtlich. Er versucht, mit Blum zu reden.

„Heiße Schröder. Liege auf 32, gleich neben dir."

„Schnauze da!"

Einmal in der Woche, am Freitagnachmittag, Duschen. Der Kalfaktor lässt die Dusche vier Minuten laufen. Die Gruppen treten geschlossen unter das strömende Wasser. Neben Blum zieht sich Schröder aus.

„Wie lange bist du hier?"

„Ein paar Tage."

„Weswegen?"

„Bankraub."

Wechsel. Blum muss unter die Brause. Er schließt die Augen. Vier Minuten unter heißem Wasser, plötzlich reißt der Strom ab. Mittags will Schröder ihm eine alte Bild-Zeitung zustecken. Der Versuch scheitert.

Einmal in der Woche, am Montag, Einkauf. Blum wird in einem kleinen bewachten Bus in ein anderes Gefängnis gefahren.

Auf der Fahrt dorthin sieht er: Bäume, grüne Felder. Mädchen in Kleidern und bunten Röcken, Spielkinder. Blühende Büsche.

Blum beißt mit den Zähnen in die Fenstervergitterung.

Es kommt ein Schlagloch, er verliert eine Plombe.

Station

Mit Zahnschmerzen und entzündeten Augen wird Blum in den untersten Gang in Zelle 11 eingewiesen. Dort wartet er in fast vollkommener Abgeschiedenheit vierzehn Monate auf seinen Prozess.

Morgens um sechs nach dem Klingelzeichen steht er auf und baut sein Bett. Er wäscht sich, zieht sich an, fegt die Zelle, empfängt Kaffee und Brot, manchmal Milchsuppe, wird hinausgeführt in den kleinen Hof, geht eine halbe Stunde im Kreis, allein mit dem Beamten, der ihn bewacht.

Danach Gymnastik in der Zelle. Das hat ihm sein Anwalt geraten. Es sei gut, den ganz natürlichen Aggressionsstau auf eine vernünftige Weise loszuwerden. So übt Blum Fußtritte.

Blum darf Bücher ausleihen, er liest bis zum Mittagessen, an hellen Tagen auch am Nachmittag und am Abend. Um neun Uhr verlischt das Licht.

Oft geht Blum hin und her und fuchtelt mit den Armen, schlägt mit der Faust gegen die Tür des Wandschränkchens, gegen die Wand, steht Stunden vorm Spiegel, zieht Grimassen. Als er seinem Anwalt, der zweimal in der Woche kommt, erzählt, er befürchte, dass all die kleinen Äderchen im Kopf und Gehirn platzen und ihm das Blut aus Mund, Nase und Augen schießen könnte, meint der, den dunkelblauen Hut in der Hand:

„Versuchen Sie's mit Schreiben, das lenkt ab."

Blum überlegt. Nachts träumt er von Gerta. Sie trägt das Essen auf und zuckt lachend mit dem Hintern zurück, weil er ihr unter den Rock greift. Sie sitzt nackend in der Badewanne, wäscht ihre Brüste und bespritzt jemanden ihr gegenüber, den Blum nicht sehen kann. Er steht auf, öffnet die Hose und holt seinen Schwanz raus. Er hängt. Er zieht an ihm, schnippt ihn mit zwei Fingern, klopft und dreht ihn, feuchtet ihn an und wichst zehn, zwanzig Schläge. Der Schwanz bleibt schlaff. Seit Monaten hat Blum keinen Ständer mehr gehabt.

Erschreckt geht er zur Heizung und hält den Schwanz zwischen die Heizungsrippen. Er blickt nach oben, auf Gerta konzentriert. Er kriegt ihn auf Halblatte. Er bewegt den Hintern vorsichtig hin und her, die Hände über der Heizung verkrallt. Die Heizung ist grau gestrichen, wie die Wände auch, aber die Ölfarbe hat die raue, körnige Oberfläche des Metalls.

Nach zehn Minuten tritt Blum zurück. Er ist geschlagen. Er befühlt seinen Schwanz. Der ist rot, wundgescheuert und schlapp. Die Klappe vor dem

Spion schabt. Das Auge des Wärters lugt.

„Leisetreter", sagt Blum zum Auge. „Adlerauge."

Eines Tages kommt der Anstaltsleiter und sagt, er werde demnächst einige Male in der Woche zu seinem Mitgefangenen Müller nebenan in die Zelle geführt, um diesem Gesellschaft zu leisten.

„Müller ist Ingenieur. Er hat seine Frau umgebracht. Seit vier Tagen verweigert er jede Essensannahme. Er sieht nicht ein, dass er letztlich dem Steuerzahler schadet. Wenn er den Hungerstreik fortsetzt, müssen wir ihn ins Krankenhaus bringen, und das kostet ja alles eine Menge Geld. Lenken Sie ihn ein wenig ab."

So verbringt Blum gelegentlich seine Nachmittage bei Müller auf Nummer 12.

Blum baut langsam die Schachfiguren auf, vorsichtig und leise, denn wenn Müller es merkt, wird er ausrufen:

„Ach, lass uns doch noch ein bisschen erzählen!"

Womit er die Fortsetzung seiner Monologe meint.

„Wir haben doch nur diese Wochenenden dazu."

Blum schiebt seine Hände mit den Figuren heimlich unter Müllers Augen durch. Blum weiß, so stoppt er den Redefluss mit dem Eröffnungszug. Er hat diese Möglichkeit nicht gleich erkannt. An welcher Stelle eines Satzes Müller auch ist, er dehnt das letzte Wort, gedankenlos den Blick auf die aufgebaute Partie gerichtet, bricht ganz ab, als wolle er nur einen kurzen Moment überlegen, aber dieses Loch, das Blum geschlagen hat, reißt weiter auf und das, was Müller eben noch beschäftigte, versinkt darin: Sie spielen. Blum konzentriert sich, und manchmal übt er in seiner Zelle nach einem Schachbuch, ohne seinem Gegner das jemals zu gestehen. Er nimmt ihm den Läufer. Müller sagt:

„So ist es schon besser", oder: „So wollte ich das haben." Hätte Blum ihn nicht gekannt, würde er sich den Kopf zerbrochen haben, was für einen Fehler er gemacht hat.

Müller verliert nicht eine Partie, sondern fünf hintereinander. Auf dem lautlosen Schlachtfeld, auf dem er kämpft, gibt es keinen Sieg. Es ist die unheimliche Silhouette des Kampfes, den Müller Tag für Tag um seine Freiheit führt: an die Regeln gebunden, die er nicht erfunden hat, und an denen er nichts ändern kann, erlebt er die Ohnmacht aller seiner Bewegungen. Jeder Angriff, den er unter mühevollen Anstrengungen aufbaut, stößt ins Leere oder verengt seine Position.

Er baut hastig die Steine wieder auf, und in der Art seiner Züge, in der Art, die Figuren vorwärts zu stoßen (manchmal fällt eine vom Tisch), zeigt sich sein Hass. Er kann es alles nicht mehr ertragen; nur schnelle und schreckliche Zerstörung würde ihm

Erlösung bringen. Deshalb haut Müller manchmal mit einer einzigen heftigen Bewegung die Schachfiguren vom Tisch und schreit: Sieg! Sieg! –? Einmal musste Blum sogar einen Bauern aus dem Lokusbecken fischen.

Blum wühlt in den Briefen seiner Verlobten. Sie kommen aus Schweden, deshalb fehlen auf den Umschlägen die Marken. Schwakowski holt sie immer, er sammelt. Erst bringen sie den Brief, und eine halbe Stunde später ist er da, er ist ungeduldig. Der gereizte Ausdruck verschwindet erst von seinem Gesicht, wenn er die Marken eingesteckt hat. Er erzählt, dass es Gefangene gibt, die die Marken nicht hergeben. Er begreift nicht, was die damit wollen. Blum sucht einen bestimmten Brief. Er hat ihn gefunden. Während er liest, schlägt er sich an die Stirn, stöhnt, lacht, nimmt einen Rotstift und unterstreicht jede Zeile eines Absatzes:
‚Warum bist Du soweit gegangen? Ich kann es nicht verstehen. Du warst immer voller Hass gegen Deinen Vater und dann gegen die Bürger. Du siehst, wie weit Du damit gekommen bist. Ach, ich bin so unglücklich! Du hattest davon gesprochen, dass wir immer hier leben wollten, wenn Du erst eine Position hast. Aber gut, das ist jetzt vorbei, doch bitte antworte endlich.'
Antworten und Missverständnisse verdoppeln. Nein,

nicht schreiben, nicht antworten. Hab keine Zeit, muss das Bett bauen.

Blum stellt einen Besuchsantrag für seine Verlobte in Schweden. Zwei Wochen dauert die Prüfung, dann lässt der Untersuchungsrichter ihm einen Besuchsschein aushändigen, in dem Gertas Name steht. Blum liest, dass die Dauer des Besuchs auf höchstens eine halbe Stunde festgesetzt ist. Der Beamte, der den Schein übergeben hat, geht in der Zelle herum und prüft mit dem Zeigefinger hier und da den Staub. Mit einem Holzstab klopft er gegen die Gitterstäbe.

„Noch nich anjesächt, wie?"

„Hören Sie mal", sagt Blum. „Das Mädchen reist mehr als tausend Kilometer heran, damit wir uns läppische dreißig Minuten sehen können?"

„Das is Ihre Sache, wenn Sie sich kein deutsches Mädchen suchen. Mehr als dreißig Minuten gibt's für keinen."

Wenig Später erkrankt Blum an Hautausschlag. Rötliche Stellen und kleine eitrige Entzündungen an Hals und Gesicht. Ständig schneidet er sich beim Rasieren.

Er meldet sich zum Arzt, der zweimal in der Woche aus der Stadt in die Anstalt kommt. Der sagt, er könne da nichts machen, vielleicht 'ne Allergie. Er ist kein Hautarzt.

Blum stellt Antrag auf einen Hautarzt. Nach drei Tagen lässt ihn der Anstaltsleiter kommen.

Er hat hellblondes, kurz geschnittenes und gescheiteltes Haar, blaue Augen, sehr glatt rasiertes, gut durchblutetes Gesicht und fleischige Hände. Wenn er von Südländern spricht, sagt er „diese Völker". Er liebt es, seine Erfahrungen im Krieg und im Strafvollzug in allgemeinen Zusammenhängen darzustellen.

„Ihre Geschichte da, die kommt vom vielen Rauchen", sagt er. „Sehen Sie mein Gesicht, ich rauche nicht, trinke nicht. Nur Lindenblütentee. Alles Selbstzucht. Früher gab es für den Gefangenen im ganzen Monat nur ein Päckchen Tabak. War besser für die Leute. Schließlich sollte das Gefängnis dem gestrauchelten Menschen Gelegenheit geben, seine Laster beherrschen zu lernen."

Blum nickt.

„Sie wollen einen Hautarzt? Können Sie den selbst bezahlen? Sie wissen, als Untersuchungsgefangener haben Sie das Recht."

„Nein."

„Nun ja, für so eine kleine Anstalt ist das zu teuer. Wir alle, auch Sie und ich, dürfen die Verantwortung gegenüber dem Rechnungshof und dem Steuerzahler nicht vergessen." „Es muss aber etwas geschehen."

„Ja, ja, also nach Lingen ins Gefängnislazarett. Guten

Morgen."

Durch den Dampf im Duschraum am Freitag sagt er zu Müller: „Jetzt
wollen sie mich ins Lazarett abschieben. Wenn die mich auf Transport schicken, bevor Gerta kommt, war ihre Reise umsonst."
Müller hat gute Laune heute. Er seift erst seinen Nacken gründlich ein, dann den Sack.
Zu Schwöppes, dem Beamten, der ihn vom Duschraum zur Zelle führt, sagt Blum, er müsste telegrafieren, heute noch.
„Wat musste heute noch?"
„Ein Telegramm abschicken."
„'n Telegramm? Ja, sach ma, hör ich richtig, 'n Telegramm?"
„Ja. Die wollen mich ins Lazarett schicken. Gerade jetzt wollte mein Verlobte kommen. Hat tausend Kilometer Anreise."
„Ah, dat schwedsche Mädchen aufm Bild?"
„Ja."
„Also, will ich sehen, wat sich da tun lässt, woll. Weißt ja, dat ich nix gejen euch Jungs hab, woll."
Die Treppe runter kommt eine Gruppe Gefangener zum Duschen. Schwöppes schiebt Blum schnell weiter. Er darf mit keinem anderen Gefangenen außer Müller zusammenkommen.

Nachmittags ist Schwöppes wieder da. Er verzieht sein Gesicht. Er hat wässrige blaue Augen. Blatternarben und Knollennase. Schwöppes ist ruhig und gemütlich. Er hat stets ein oder zwei Schnaps drin. „Tja, min Dschung, wenn de telegrafieren willst, musste 'n Antrag stellen. Dat jeht dann über'n Alten oder über'n U-Richter. Und 'nen Antrag hättste gestern beantragen müssen. Nun kannste erst wieder am Montag."

„Gut, dann will ich meinen Anwalt sprechen. Und zwar sofort."

„Mensch, Junge, da musste an ihn schreiben, dass er kommen soll."

„Dann geben Sie mir einen Brief her."

Schwöppes sieht Blum nachdenklich an und schüttelt den Kopf, als zweifle er an Blums Verstand. Mit schwacher Stimme sagt er: „Haste denn keinen beantragt? Da musste doch den Brief zusammen mit dem Antragsformular am Montagfrüh bestellen."

„Bin ich irre oder was? Dann gehen Sie eben zum Anstaltsleiter und sagen ihm, dass ich meinen Anwalt sofort sehen will. Er soll telefonisch benachrichtigt werden. Will ein Geständnis machen.

Brummend und Kopf kratzend geht Schwöppes. Nach einer Weile kommt er zurück.

„Zieh dir 'ne Jacke an. Sollst zum Vorstand."

Der Anstaltsleiter schnippt mit dem Finger, um Schwöppes zu bedeuten, dass er verschwinden soll.

„Setzen Sie sich", lehnt sich zurück im Sessel, verschränkt die Hände vor der Brust.

„Rauchen Sie nur, bitte, hab immer ein paar für Besucher, obwohl ich Nichtraucher bin, wie Sie wissen. Also Sie wollen ein Geständnis ablegen? Das ist sehr vernünftig. Sehen Sie mal, die anderen, die Sie decken, die sitzen draußen und bringen die Beute durch. Auch denen helfen Sie nur. Wie sollten Sie und Ihre Freunde mal vor Ihren Kindern stehen und ihnen in die Augen blicken können, wenn Sie mit solcher Schuld beladen sind."

„Sagen Sie, Herr Oberinspektor, angenommen, es sei ein Freund von mir, der jetzt studiert, in etwas verwickelt. Er würde also später als Hilfsarbeiter statt als Arzt vor seinen Kindern stehen. Und die würden ihn fragen, Vater, warum bist du Hilfsarbeiter, und er würde antworten, Kinder, weil ich fünf Jahre im Zuchthaus gesessen habe, was würden die Kinder wohl denken?"

„Na, na, Blum, Hilfsarbeiter! Es gibt wohl auch noch andere Beschäftigungen!"

„Welche?"

„Wer etwas erreichen will und ein ganzer Kerl ist, der wird es auch zu etwas bringen. Also Sie wollen ein Geständnis machen?"

„Ich will meinen Anwalt sprechen."

Der Oberinspektor beugt sich weit vor, um Blum zu

mustern. Lehnt sich zurück und lächelt.

„Hören Sie, Blum, wir wissen doch genau, dass Sie Verbindung aufnehmen wollen mit Ihrer Verlobten in Schweden ...“

„Von der Verlegung ins Lazarett benachrichtigen, damit sie die Reise nicht umsonst macht.“

„Nun, warum auch immer. Wir können solche Extratouren nicht einreißen lassen. Es sei denn, es geben besondere Umstände dazu Anlass.“

Sie sitzen und starren sich an.

„Dann geben Sie mir einen Brief für den Anwalt.“

„Ich bin Anstaltsvorstand. Das machen meine Beamten zu bestimmten Zeiten. Sie wissen das. Ich glaube, damit wäre die Sache erledigt.“

In der Zelle geht Blum auf und ab.

Um neun verlöscht das Licht. Die Scheinwerfer im Hof flammen auf. In den Hof scheppert eine Blechbüchse. In regelmäßigen Abständen kommen die Schritte des Beamten näher, stocken vor jeder Zelle. Der Spion schabt. Schritte, die sich entfernen. Dann das Geräusch, wenn er am Ende des Zellengangs die Stechuhr schließt. Das Klirren der Gittertür. Stille.

Burkhard Driest

Lazarett

Der Motor des schweren Transporters heult auf. Die Pressluft der Bremsen zischt. Blum fliegt mit der Stirn gegen die Trennwand. Es ist eine Einzelkabine, in der er die fünf Stunden Fahrt wegen der Enge sehr gerade sitzen musste. Krumm und verdreht blickte er wahrend der Fahrt durch den vergitterten Sehschlitz auf Wiesen und Gemüsefelder, dachte an Kohlrabi, bis er Kopfschmerzen hatte.

Der dunkelgrüne Transporter steht vor dem Tor des Gefängnisses, in dem das Lazarett ist.

Zwei bewaffnete Beamte öffnen das Tor.

Blum wird als letzter aus der Kabine geholt. Draußen reckt er sich. Der Himmel ist grau. Die ihn umgebenden Gebäude sind scheinbar ohne System in das von einer hohen Mauer umgebene Areal gebaut. Gegenüber ein mittlerer Bau mit einem qualmenden Schornstein.

„Los, aufstellen!"

Blum bekommt einen Stoß in den Rücken. Die Transportgefangenen stellen sich in Reih und Glied. Vor ihnen stehen die in grüner Uniform und Stiefeln. Die Transportlisten werden übergeben, Warenbegleitscheine.

Sie werden die Treppe zum ersten Zellengang hin-
aufgetrieben. Der Typ vor Blum zündet sich eine
Zigarette an.
„Mensch, verboten", raunt einer.
„Scheiß drauf."
Vorne kommt die Zweierreihe ins Stocken, und
Blum rennt auf seinen Vordermann auf. Der sah das
kommen und hält Blum die Glut seiner Zigarette hin,
als wolle er ihm Feuer geben. Blum schreit auf, blickt
in spöttische, herausfordernde Augen, fasst sich an
die Wange und wendet seinen Blick ab.
Auf der Kammer werden sie neu eingekleidet. In
blau-weiß gestreifte Anzüge, die über dem Arsch
spannen oder flau hängen. Blums Hose hat sehr
schöne, flattrige, weite Beine, und die Jacke dreiviertellange Arme. Ihr persönliches Hab und Gut, besonders Tabak, Zigaretten und Pfeife, müssen sie auf
der Kammer lassen. Während der Kammerbulle
Blum beklaut, lächelt Blum ihm zu.
„Frohsinn", sagt der Hilfsbulle und schiebt ein Päckchen von Blums Tabak ins Hemd.
Mit drei Decken und einem langen weißen
Nachthemd unter dem Arm verlässt Blum die Kammer.

Auf einer Wartezelle verstreichen zwei Stunden.

Dann rüber zum Lazarett. Da drei Stunden auf der Bank sitzen, bis man registriert wird. Blum kommt auf Saal 13.

Die Zellentür fällt hinter ihm zu. Auf drei Betten verteilt sitzen die Leute und spielen Karten. Einige blicken auf, als Blum hereinkommt. Rechts in der Ecke liegt ein alter Mann auf dem Bett und stöhnt. Ganz hinten unter dem Fenster ist ein einziges Bett frei. Er muss an einer Gruppe von Spielern vorbei und einer stellt ihm ein Bein. Er schlägt hin. Alle lachen. Langsam steht er auf und geht zu dem freien Bett. Die Zellentür wird aufgeschlossen. Ein etwa fünfundzwanzigjähriger Bursche wird hereingeschoben. Er hat ein schmales Gesicht, vorne fehlen ihm zwei Zähne, seine Ärmel sind aufgekrempelt, die Arme braun, sehnig und tätowiert. Das rechte Bein zieht er schleppend
nach.

„Na, ihr Scheißer!" sagt er.

Langsam kommt er auf Blum zu.

Die Leute haben aufgehört, Karten zu spielen. Sie sehen alle zu Blum. Bis auf das Stöhnen des alten Mannes drüben in der Ecke ist es still. Der Neue zieht noch einmal schlurfend sein Bein nach. Plötzlich grinst er, fasst Blum bei den Schultern, wirft ihn aufs Bett und fällt über ihn. „Mensch, Blum", schreit er „alter Junge, erkennst du mich nich? Haben doch ein paarmal zusammen gesoffen."

„Stimmt. Reinhard Hase."

„Jau. Genau. Wauwau. Was machst du denn hier?"

„Hautausschlag. Sitze in U-Haft wegen Bankraub."

„Jau, hab ich gelesen. Ich hab vier Jahre, drei schon runter. Im Moorlager. Und nun die Scheiße mit der Kniescheibe. Hat mir einer einen Ausheber reingehauen, die Sau." Er tippt mit dem Finger aufs Knie. Seine Augen sind stumpf geworden, und nach einer halben Minute des Schweigens beginnen sie erneut im Saal umherzuwandern.

Etwas Konzentration kommt zurück, als er fragt: „Hast Tabak mit reingebracht?"

„Die haben mir alles abgenommen in der Kammer."

„Abgenommen, abgenommen! Du bist ein Witzbold! Denkste, die lassen's dir freiwillig?"

Hase blickt runter auf seine Hände. Sie sind knöchern, kräftig und dreckig. Er bemerkt Blums Blick.

„Schmuckstücke, wa?"

Er hebt sie, so dass die Handteller Blum zugewandt sind. „Ja nun, ich arbeite ja auch. Glaubste wohl nicht, wa? Was meinste, wo ich schon überall gearbeitet habe? Auf'm Bau, auf'm Rummel, Autoskooter, Montage, einmal aufm Fischkutter, das war das Schlimmste und im Moor, wa, in ander Leuts Fresse. Nich wie bei feinen Leuten. Nix Griffel und Federhalter! Wichsgriffel!"

Hase drückt an einem Splitter an seinem Daumen herum. Sie schweigen.

„Was sind das hier so für Leute?" fragt Blum.

Hase blickt ihn an, dann in die Runde.

„Läuse?"

„Nee, Leute."

„Leute? Das sind Scheißer, sind das. Große Fresse und nix dahinter. Der Dicke zum Beispiel dahinten. Als ich reinkam, hatte er gleich 'ne große Schnauze. Dann hab ich ihm eine draufgehaun und aus war's. Is nich wie im Lager."

Sie sitzen wieder stumm nebeneinander. Der Dicke, auf den er gezeigt hat, ist auf die Toilette gegangen. Die ist hinter einem kleinen Sperrholzverhau. Jetzt kommt er heraus und hinter ihm blauer dunstiger Qualm. Er hält etwas in der hohlen Hand und geht quer durch den Saal auf Hase und Blum zu.

„Warum ist der hier", fragt Blum.

Aber der Dicke ist inzwischen heran und sagt:

„Hier, willst 'nen Zug aus'er Tüte?"

Nach dem Abendessen versucht Blum bei der trüben Beleuchtung zu lesen, aber der Krach ist zu groß. Sie dreschen die Karten auf den Tisch, schreien oder schmeißen Matratzen durch die Luft. Trotzdem quält sich Blum Zeile für Zeile durch ein Buch von Faulkner. Er strengt sich an, Faulkner muss ihn erreichen, denn hier will er weg. Der Tisch kippt um. Die anderen johlen. So ist es jetzt. Und so bleibt es. Morgens sind sie gereizt und wütend, dann stoßen sie sich an den zwei Waschhähnen die Ellbogen in die Rippen.

Nicht jeder jeden, sondern der Stärke nach von oben nach unten.

Am nächsten Tag Untersuchung. Die Wartezellen für den Arzt sind düstere, kahle Doppelkammern, an deren Wänden ringsherum Bänke stehen.

Die blau-weiß gestreiften Gefangenen sitzen Schulter an Schulter, die Köpfe gesenkt oder die Arme auf die Knie gestützt, vornüber gebeugt, das übliche Warten.

Der Arzt verordnet Blum Salben, ein Jodbad und einen Riesenschuss Antibiotika. Binotal. Schon nach drei Tagen gehen Pickel und Ekzem merklich zurück.

Als Blum vom Arzt kommt, rückt die Freistunde gerade wieder ein. Blum fragt den Beamten, ob er noch gehen kann, er wäre heute noch nicht draußen gewesen.

„Gehen schon. Draußen nicht", sagt der Beamte.

Die halbe Stunde frische Luft hat Blum am nächsten Tag. Freistunde.

In der Halle des Zellenhauses wird in Viererreihen angetreten. Der Hof ist schön klein, so dass es ein Gerangel gibt, wenn die ersten gerade eine Runde hinter sich haben, während die anderen noch in den Hof einströmen. Sie gehen eng, fast Arsch an Arsch, im Gleichschritt. Ein Septembertag. Es riecht nach Astern und zerriebenen Blättern. Über die Mauer stürzt ein Finkenpaar. Blum atmet tief ein.

„Du kuckst da so hoch. Möchtest wohl fliegen können, wa? So wie Kalle. Kalle aus Braunschweig. Der war nach Hause gekommen und findet seine Frau mit einem Kerl im Bett. Nimmt er dem seine Klamotten und schmeißt sie aus'm Fenster. Sechster Stock. Den Kerl hinterher. Auf dem Termin sagt der Richter zu ihm: Ich kann ja Ihre Eifersucht verstehen, aber was haben Sie sich dabei gedacht, den Mann einfach aus dem sechsten Stock zu schmeißen? Meint der Kalle: Ich dachte, wer vögeln kann, der kann auch fliegen."

Jeden Tag fragt Blum den Beamten nach dem Jodbad, das der Arzt verordnet hat.

„Kommt, kommt", sagt der.

Der Baderaum ist am Ende des unteren Zellengangs. Es ist ein alter, hoher, gekachelter Raum mit einer großen alten Wanne, die auf Zierfüßen steht.

Er stößt einen Schrei aus. Es hallt von den Wänden. Er lässt aus dem bauchigen Kran heißes Wasser einströmen. Es rauscht und dampft, unter dem Schuss Jod verfärbt es sich dunkelrot. Er zieht sich aus und tanzt herum. Er singt, tanzt, singt:

Sitting in the lala, seeing all the jaja.

Der Badekalfaktor beobachtet den nackenden, tanzenden Blum. „Bist du ein griechischer Faun, der mit seiner Schnute in einen Mehlsack gefallen ist, oder kommst du vom Maskenball?"

Blum sieht erstaunt auf.

Der Kalfaktor lächelt: „Erst den Präsidialredner schwängern und sich dann hinter schwedischen Gardinen verkriechen, das haben wir gerne. Jodbad?"

„Ja."

„Dann nur immer hereinspaziert, es ist ja voll genug." Blum bückt sich, um die Temperatur des Wassers zu prüfen. Der Kalfaktor prüft auch. Dabei beugt er sich halb über Blum und stützt sich mit der Rechten leicht auf dessen Hüfte.

„Na, dann wollen wir mal", sagt er.

„Wieso wir?"

„Nicht wir. Du. Aber wenn du willst, helfe ich dir beim Einsteigen."

Blum setzt sich in die Badewanne. Der andere auf den Rand und schaufelt mit der linken Hand. gleichmäßig das warme, nach Jod stinkende Wasser über Blums Rücken. Die letzten Tropfen lässt er von den Fingerspitzen rinnen. Dabei berührt er Blums Nacken, auf dem sich Gänsehaut bildet, taucht ins Wasser hinein und schöpft neu. Er schlägt Blum vor, öfter ein Vollbad zu nehmen, wenn's auch verboten sei, mehr als einmal in der Woche zu duschen, aber das habe nichts zu sagen, hier sei er der Boss. Auch könne man solche Bäder mit Kaffee und Zigaretten, die zu spendieren er sich bereit fände, zu römischen machen. Römische Bäder mit Genuss und Massage. Blum bedankt sich, steht auf, trocknet sich ab und verduftet.

Der Alte in der Ecke stöhnt auch nachts. Quer über Blums Bett fällt das Licht der Scheinwerfer von draußen. Er hat gelesen. Nach zwei Stunden tränen ihm die Augen. Nun kann er nicht schlafen. Er richtet sich auf und guckt zu Hase rüber.

„Schläfst du schon?"

„Nö."

„Woran denkst du?"

„Woran soll ich denken? Setz dich rüber, wir ziehen noch eine durch."

Blum setzt sich zu Hase ans Bett. Hase richtet sich auf und dreht eine Zigarette aus schwarzem Tabak und Zeitungspapier.

„Hier."

Sie inhalieren tief den Rauch. Der Alte stöhnt wieder auf. Einige schnarchen. In der Nähe der Tür ächzt einer und jammert und bricht schließlich in einen Weinkrampf aus.

„Ist er wach?" fragt Blum.

„Nö, schläft. Träumt, der Penner. Im Knast ächzen die jede Nacht.

Manche schreien sogar laut. Hatten mal so eine Eule im Lager. Dem mussten wir einen Pott kaltes Wasser in die Fresse kippen, bis der aufhörte zu schreien. Dann riss er die Augen auf, kam hoch und starrte uns an, als wenn er im Schlangenkäfig steckt. Das meiste sind Penner und Krüppel hier, verstehste. Die sollten sie in die Heila stecken oder vergasen."

„Was hat denn der Alte da?"

„Nierenkolik oder so was."

„Ich meine, was für ein Delikt?"

„Faktum, meinste. Stadtstreicherei und Diebstahl. Hat Schnaps geklaut, 'n Lollibruder, der kennt alle Kna'ste und Arbeitshäuser."

Blum reicht Hase die Zigarette zurück.

„Wie ist es denn im Lager?"

„Besser. Viel besser. Brutal zwar, verstehste, aber besser."

„Was macht ihr denn da?"

„Torfstechen. Tief stechen, weit schmeißen. Wenn du richtig reinhaust, dann kannste zwei Graben am Tag schaffen, dann haste fünfundvierzig Mark Einkauf im Monat. Knochenmaloche."

„Wie, fünfundvierzig Mark den ganzen Monat? Und dafür arbeitet ihr hart im Akkord?"

„Sowieso. Jeden Tag acht bis neun Stunden und sonnabends auch."

„Mann, da würd ich streiken."

„Streiken, mein Lieber, das heißt hier Gefangenenmeuterei. Dafür gibt's Kaschott und ein zwei Jahre Hachel nach."

„Kaschott?"

„Ja, Bunker, Affenkäfig, in Hamburg nennen sie's Glocke. Was willste machen? Wenn du nich malochst, gibt's keinen Tabak, nix."

„Wie lange machst du das schon?"

„Hab meine drei Jahre runter. Noch zwei Monate.
Bin Abgang. Aber früher war das noch schlimmer.
Da krichtest du noch das letzte Fressen. Da haben
wir mal Bambule gemacht. Uns in den Baracken ver-
barrikadiert, und einer hat den Maschores das Gewehr abgenommen. Da haben sie sich nicht range-
traut. Wir wollten, dass ein paar vom Parlament
kommen, verstehste? Statt dessen sind sie mit der
Bundeswehr angerückt. Haben das ganze Lager mit
Panzern umstellt. Dann sind sie gekommen mit Trä-
nengas. War natürlich nix zu machen. Dem mit dem
Gewehr haben sie ein paar Jahre Zucker aufgebrummt. Dreizehn Mann haben sie im ganzen ver-
knackt."

„Wann war das?"

„Siebenundfünfzig. Kam gerade aus dem Jugendknast."

„Da warst du auch?"

„Ehrensache. Hab sechzehn Vorstrafen. Meist wegen
Bumserei, Körperverletzung. Verstehste, das fing
früh an. Hab in 'ner Barackensiedlung gewohnt.
Schweißfußsiedlung nannten se die. Das war 'ne Be-
leidigung. Brauchte einer nur zu sagen, das is 'n
Schweißfuß, dann ging's los. Mit Fahrradketten und
allem. Alles Wichser, sag ich dir. Erst 'ne Fresse wie'n
Nilpferd und dann isses passiert und dann zur

Schmiere und flennen. Der Blacky, der Spinner, kennst doch auch, der dachte immer, er war der Größte. Hat zwei Monate im Krankenhaus gelegen. Habe ich mir für anderthalb eingefangen. Aber dich haben sie auch geschnappt."

„Ja, aber erst beim fünfundzwanzigsten Mal ungefähr. Hatte auch Prügeleien als Junge und später. Da bin ich oder mein Vater hin, haben uns entschuldigt und den Schaden bezahlt. Oder als Schüler hatten wir mal 'ne Autoknackerbande. War ein Sohn vom Arzt und vom Stadtdirektor und vom Rechtsanwalt dabei und so weiter. Das war denen alles peinlich. Dann sind die Väter zusammengekommen und haben das irgendwie abgedreht. Wir waren ja noch Jugendliche, das war 'n reiner Jugendstreich."

„Jugendstreich? Ich bin nur mal mit siebzehn in einem geklauten Auto mitgefahren, da haben sie mir sechs Monate Jugendhaft für aufgebrummt. Schön jugendlich."

„Einmal sind wir mit der Bundesbahn gefahren, haben die Karten nicht lochen lassen und wollten sie dann wieder zurückgeben. Da musste ich zum Richter wegen Betrug. Ist mein Vater mitgegangen, hat erzählt, ich ginge zum Gymnasium, das Ganze sei sehr peinlich, das käme nicht wieder vor und als Studenten in der Burschenschaft hätten sie früher wohl auch mal solche Streiche ausgefressen. Aber heute wäre das natürlich alles anders, ein bisschen ernster, manchmal zu ernst. Hat der Richter mit einem Schmiss im Gesicht gelächelt und gesagt, na ja, fünfzig Mark Buße. Die hat mein Alter aus der Brieftasche geholt und auf den Richtertisch gelegt, und als ihm das auffiel, hat er gesagt, dein Taschengeld. Hinterher hat er mich angebrüllt, dass ich ihm laufend nur Ärger mache, und das Taschengeld musste ich mir von meiner Mutter holen."

Hase hat sich auf den Rücken gedreht und gähnt.

Es ist ein kalter Herbsttag. Das Fenster neben Hases Bett steht offen. Die Luft bläst kühl und feucht herein. Sie riecht brenzlig, nach Kartoffelfeuer. Peter liegt in der Mitte des Schlafsaals. Er ist dreiundzwanzig und immer schlechter Laune. Deshalb nennt ihn einer der Skatspieler Zuckermäulchen.

„Zuckermäulchen", sagt er, „muss erst noch Knast schieben lernen. Aber er lernt es noch. Er übt sich jetzt erst mal ein. Bei den nächsten fünf Jährchen kann er schon mal lachen. Hat nicht jeder gleich 'n guten Start."

„Ich mach's doch nicht so wie du. Dich lassen sie doch erst gar nicht raus aus dem Knast."

Der Skatspieler legt die Karten beiseite und sieht ihn an.

„Du musst dich nicht übernehmen, Zuckermäulchen. Das passt nicht zu dir. Sonst gibt's mal was auf 'n Latz."

„Spiel weiter!" sagt sein Gegenüber ärgerlich.

Zuckermäulchen steht auf. Dann bückt er sich und schnürt seine Stiefel zur Freistunde zu. Er wirft noch mal einen kurzen Blick zu dem Skatspieler rüber. Der hat die Ärmel aufgekrempelt. Einer von den Lagertypen. Im Knast zu Hause. Aldo Fux liegt leicht aufgestützt auf dem Bett und grinst. Zuckermäulchen sieht es. Auch der Dicke grient. Zuckermäulchens Blick fällt auf das offene Fenster neben Hases Bett, er geht hin, stößt es zu. Als es zuklappt, lässt Hase das abgerissene Blatt der alten Bild-Zeitung, in der er gelesen hat, sinken, tut verdutzt, steht auf und macht das Fenster wieder auf. Zuckermäulchen dreht sich um und schreit: „Mach das Fenster zu! Denkste, ich will erfrieren?"

„Kauf dir 'n Fenster, wenn du eins zumachen willst", sagt Hase.

„Ich mache das Fenster sowieso wieder zu!"

„Mach doch."

Hase stellt sich vor das Fenster. Aldo Fux grinst.

„Los, leck mich am Arsch, spiel weiter!"

Der Dicke schreit: „Ich werd verrückt, der macht es zu!" Zuckermäulchen ist kalkweiß. Er geht auf Hase zu, will an ihm vorbei, los, lass mich vorbei, verschwinde, sie stehen voreinander. Zuckermäulchen fasst Hase an den Schultern, um ihn zur Seite zu schieben, Hase packt mit beiden Händen Zuckermäulchens Hemd, reißt ihn heran und schlägt ihm die Stirn quer über die Nase. Zuckermäulchen stürzt mit gebrochenem Nasenbein zu Boden. Blut quillt aus der Nase. Hase wirft sich aufs Bett und greift wütend nach seinem Bild-Blatt. Zuckermäulchen erhebt sich. Hält die Nase und wankt zur Tür. Eine Blutspur tröpfelt durch den Staub. Es macht immer noch keiner Saaldienst. Er wirft die Klappe.

Nach fünf Minuten kommt der Beamte. Als der Riegel rasselt, wendet sich Zuckermäulchen zu Hase und sagt: „Das gibt 'ne Anzeige."

„Hau ab, du Wichser!" schreit der.

„Was ist denn hier los?" fragt der Beamte.

„Meister, ich brauche 'ne Kopfschmerztablette", brüllt einer.

„Ja, ja. Na kommen Sie", und er schiebt Zuckermäulchen raus.

„Hat einer was gesehen?" erkundigt Hase sich laut. Alle schütteln die
Köpfe.

„Gut. Du, Blum, und du, Kalle, ihr habt gesehen, dass er mich angegriffen hat, oder?"

Die beiden nicken.

„Na also. Dieser Wichser."

Hase vertieft sich wieder in das *Bild*-Blatt.

Das Lazarett bildet ein L. Genau an dem Knick ist die Tür zum Hof. Vor dieser müssen sie, wenn es zur Freistunde geht, in Viererreihen antreten. Vor ihnen steht Toman, im Range eines Verwalters, und ein Schließer. Toman macht spöttische Bemerkungen, er geht auf und ab, brüllt.

„Nun mal Ruhe dort und Aufstellung genommen!"

Die Gefangenen unterhalten sich. Es dauert eine Weile, bis sie in Reih und Glied stehen. Sie wickeln schnell ihre Tauschgeschäfte ab. Das weiß Toman, und von Fall zu Fall weiß er es zu verhindern. Deswegen und wegen seiner ständig guten Laune und seiner Spötteleien ist er bei den Gefangenen verhasst. Er reckt sich plötzlich, stürzt zwischen die Gefangenen und entreißt einem sein viertel Päckchen Tabak. Er hat ihm seinen einzigen Schatz entrissen, das letzte, was er hatte.

„Ab mit dir", schreit er ihn gut gelaunt an.

„Freistunde entfällt für dich erst mal. Nichtraucher wie ich lieben frische Luft und ausgedehnte Spaziergänge. Du nicht."

Wenn sie in den Hof hinausgehen, stehen links und rechts von der Tür der Schließer und Toman. Sie zählen. Als letzte gehen die beiden raus, schließen die Tür ab und nehmen auf den gegenüberliegenden Seiten Bewachungsaufstellung.

Aldo Fux hat sich neben Blum gestellt. Sie gehen zusammen im Hof.

„Ich hab von deinem Fall gehört. Was meinst du, wie viel du krichst?"

„Vielleicht drei Jahre. Ich bin nicht vorbestraft, es ist

nur ein Bankraub, da geben sie meist drei Jahre Gefängnis."

„Na, wollen's hoffen."

„Und du?"

Er sieht Blum von der Seite an.

„Ich kenne dich ja eigentlich nicht, und hier im
Knast hält man besser seine Schnauze." Blum reibt
sich die Nase.

„Nun, ich sach doch, dich schätze ich anders ein."
Blum gähnt.

„Gut. Ich bin unschuldig."

Er hat es erregt hervorgestoßen. Laut. Gerade als
Bruno Katzer überholt.

„Gucke, der hat noch die Unschuld!" Grinst höh-
nisch.

„Dumme Schweine hier. Würd ich es denn sagen,
wenn es nich wegen dem Faktum wäre?"

Er sieht Blum an. Rote Flecken zeichnen sich an seinem Hals ab.

„Ich soll mit meiner Stieftochter gefickt haben."
Als Blum schweigt:

„Das hat diese Hexe angezettelt."

„Die Stieftochter?"

„Nein, meine Frau. Die hat der das alles eingeredet.
Kein Wort stimmt. Dabei habe ich die erst mit ihrer
Tochter aus dem Dreck geholt. Buchstäblich aus der
Gosse. Die hatte nur, was sie auf dem Leib trug. Ich
hab 'ne Wohnung eingerichtet, hab sie angezogen

45

und ihnen zu fressen gegeben. Hab geochst wie 'n Verrückter. Jeden Tag vier, fünf Überstunden. Und das wollte sie nich. Und dann natürlich die Sauferei auf dem Bau. Jedes Mal hat sie 'n Riesentheater gemacht, ich würde das ganze Geld versaufen. Schließlich und endlich bin ich ausgezogen. Sie keift, ich wollte mit einer anderen Alten abhauen, und ich habe ihr eine gelangt und bin weg. Da hat sie meine Tochter zur Polizei geschickt mit dieser Geschichte, dass ich es mit ihr gemacht hätte. Entjungfert sogar. Dabei hat die sogar mit Soldaten. Hat sie manchmal den Arsch voll für gekricht. Aber die war nicht zu halten. Die..."

„Entschuldige, aber beantworte mir mal 'n paar Fragen."

„Frag."

„Wie alt soll deine Tochter da gewesen sein?"

„Stieftochter."

„Also Stieftochter. Wie alt?"

„Siebzehn."

„Wie war sie entwickelt?"

„Voll. Alles da. Dicke Titten und so."

„Hast du mit deiner Frau auch mal gevögelt?"

„Logisch."

„Sagt sie das auch?"

„Und ob. Behauptet, ich wäre sexuell übernormal."

„Hat deine Stieftochter die Sachen genau beschrieben in den Protokollen?"

„Klar. Hat meine Frau sie doch auswendig lernen lassen. Die redet immer wörtlich dasselbe."

„Kann deine Stieftochter dich leiden?"

„Nein. Ich war ihr immer viel zu streng. Rauchen verboten, schminken verboten, Soldaten verboten und so weiter."

„Bist du vorbestraft?"

„Jau. Vier Jahre Zuchthaus."

„Weswegen?"

„Einbrüche."

„Die Sache sieht so aus, dass sie dich bestimmt verdonnern. Wie viel, kann ich nicht sagen. Vielleicht anderthalb."

„Du bist verrückt. Ich habe die doch wirklich nich..."

„Glaub ich dir. Und selbst wenn – so wäre die Sache keinen Tag Gefängnis wert. Ich bin nicht dein Richter."

Aldo Fux ist fertig. Er nimmt es wie sein Urteil. Am nächsten Tag kommt er zu Blum und gibt ihm ein Päckchen Tabak.

„Hier, du hast nix. Ich hab noch mehr. Kenn mich besser aus als du."

Dafür ist Blum gezwungen, den ganzen Tag alle Möglichkeiten und Versionen des Falles mit Fux zu diskutieren. Fux sieht es nicht ein. Er erzählt Blum seine ganze Lebensgeschichte, als Hitlerjunge, Akkordarbeiter, Gelegenheitskrimineller und schließlich, einmal geschnappt und zum Verbrecher geworden, als Zuchthäusler. Fux redet und gestikuliert.

„Ich begreife das nicht", ruft er aus. Er will begreifen. Blums Kopf brummt. Einmal verwechselt Fux seinen mit Blums Kopf und klopft dagegen.

„Au", sagt Blum.

„Herein", sagt Fux.

„Ich begreife das nicht", sagt er.

Er steht wie ein Verrückter vor Blum, sieht nach allen Seiten, rennt hin und her, zeigt dorthin, dahin, doch da ist nicht die Ursache. Er schüttelt seine Schuhe aus, schüttelt seinen Kopf, rüttelt Blum am Hemd.

Fux möchte die Ursachen der geheimnisvollen Ungesetzmäßigkeit seines Lebens durchschauen.

„Sag doch was, Mensch!"

„Du hast immer zwei Möglichkeiten", sagt einer der Skatspieler. Spuckt in den Staub.

„Rotz nich!"

„Wieso?" sagt Fux.

„Kannst dir ins linke Ohr ficken lassen oder ins rechte."

„Wieso?"

„Du kannst hart malochen und nich saufen und heiraten, oder kannst hart malochen und saufen und nich heiraten, weil du Brüche machen musst und in den Knast kommst. Wenn du im Knast warst, kannste hart malochen, nicht saufen, heiraten und dich mit allen Leuten gutstellen. Oder kannst hart malochen, mal saufen und mal deine Stieftochter vögeln und in'n Knast kommen."

„Er kann eine andere Alte vögeln", wirft der Dicke ein.

„Wo findet er die, wenn er im Akkord und Überstunden malocht?"

„Er kann in'n Puff gehen."

„Dann kann er nicht saufen."

„Er kann nach Feierabend seine Sekretärin zum Likör einladen und sie

dann vögeln", schreit der Dicke.

Sonntags ist Gottesdienst, evangelisch und katholisch getrennt. Die Beteiligung ist groß. Die Psychopathen, Labilen und die körperlich Schwachen gehen hin, weil sie glauben, ihre Vergehen haben etwas mit Gott zu tun. Sie sitzen in der ersten Reihe und hoffen, Gott sieht sie durch die Augen des Pfarrers. Die meisten aber gehen hin, um die Zeit totzuschlagen, um Geschäfte zu machen oder Nachrichten auszutauschen.

Sie treten in Zweierreihen an und marschieren durch den Hof und ein zweites Hoftor zur Kirche. Neben Blum geht Aldo Fux, hinter ihnen Hase, vor ihm Lattmann, ein hoch aufgeschossener Junge mit hellem Flachshaar, der zum dritten Mal wegen Diebstahl sitzt. Diesmal hat er ein Jahr. Er schreibt häufig an seine Mutter.

Weiter vorn gerät die Reihe ins Stocken. Einer
springt links aus der Reihe und im Zickzack über den
Schotter. Ein anderer rast rechts ins Blumenbeet,
bückt sich und ergreift einen dicken Feldstein. Mit
den Augen verfolgt er die im Bogen auf das Blumenbeet zurasende Ratte. Sie hat ihr Loch fast erreicht,
da überschlägt sie sich, wird von dem Stein voll getroffen. Sie zuckt und windet sich. Aus dem Maul
kommt Blut. Er hebt den Stein auf und schlägt noch
einmal auf den Kopf. Der vordere Teil ist Brei. Die
Gefangenen trotten weiter. In der Kirche singen sie.
Hinten, hinter einer Glaswand, singen lautlos die
Tbc-Kranken. Der Pastor spricht von der Heilkraft
des Glaubens, von der Elefantiasis und von der Arbeit eines Kollegen bei den Papuas. Er hat während
seiner langen Amtstätigkeit begriffen, dass er sich zu
den gegenwärtigen und konkreten Problemen der
Gefangenen äußern muss. Nach dem schleppenden
Vaterunser, zu dem sich alle erheben, gibt Blum dem
Walli aus Hannover das geliehene halbe Päckchen
Tabak retour.
„Wie geht's?"
„Für 'n Arsch. Und du?"
„Schlimmer."
Sie schlurfen raus, langsam, der Oberlehrer improvi-
siert auf der Orgel. Nach dem Kirchgang hängen sie
mit vier, fünf auf dem Scheißhaus und lassen die Ta-
bakstüte kreisen.

Mittag. Die Wagen mit den Essenkübeln halten Einzug. Aldo stöhnt.

„Jetzt geht's noch. Aber friss die Scheiße erst mal drei Jahre lang. Wenn da irgendwie noch ein Unterschied im Geschmack sein sollte, dann ist's jedenfalls aus damit, sowie das Zeug in deinen Plastiknapf kommt. Milchsuppe, Brühe, Fleischsoße, Kaffee, Appeltee – alles rein. Und dann hast du bloß kaltes Wasser und kein Spülmittel. Riech mal, wie das stinkt."

Er hält Blum den Napf unter die Nase.

„Dann kommen so ein paar Wichser von Besucher angestakt, die mindestens sowieso das Schlimmste für richtig halten, probieren ein, zwei Häppchen vom frischen Teller, wackeln mit dem Kopf, schmatzen zweimal, nicken dem Obersklavenhalter zu und sagen: Nicht schlecht. Was glaubst du, im Z, wenn die sich acht, neun Jahre oder länger diese Scheiße gefallen lassen müssen? Das is schon fast Körperverletzung. Dann ham sie noch aus ewiger Angst und Akkordmaloche nervöses Magenleiden. Wie die das Zeug nur riechen, ham sie schon Brechreiz."

„Essen müssen sie's doch wohl."

„Nee, geht gleich in'n Kübel."

„Und wovon leben die?"

„Müssen sich was kaufen vom Monatseinkauf."

„Ja und Tabak, Kaffee?"

51

„Auch. Je schlimmer es wird mit dem Magen, je mehr müssen sie in die Maloche. Die arbeiten, als wenn einer mit der Peitsche hinter ihnen steht."

Heute, am Sonntag, gibt es Kartoffeln, braune Soße, fettes Schweinefleisch, Kohl und Vanillepudding.

„Wer will meinen Fraß?" schreit Hase.

Der blonde Lattmann nimmt ihn.

Nachmittags kommt Tuddel Weingarten, der Sani.

„Meister", schreit der Dicke, der auf seinem Bett Kreuzworträtsel löst, „Stadt in Kalabrien!"

Wie der Pfarrer die Bibel, verkündet Tuddel den Gefangenen als Stärkung und Trost: Fleiß, Ordentlichkeit, geregelte Arbeit, Bescheidenheit, Bildung.

„Kultur is was Großes", sagt er.

„Kultur und Geist. Denken Sie an Vasco da Gama, Galilei, Newton, Goethe, Dürer . . . Wo warn wir ohne sie?"

„Im Knast", sagt der kleine Skatspieler.

„Jeder kann aus einem Leben was machen", sagt Tuddel.

„Geld macht nicht glücklich. Ich hatte es auch nicht leicht und habe meine Söhne anständig erzogen. Mein Ältester studiert jetzt Chemie."

„Wie wär's mit einem Rezept für LSD?"

„Sie sind unverbesserlich, Mensch."

„Das musste zugeben, der Tuddel ist nicht der Schlechteste. Du wärst froh, wenn du das geworden wärst, wasser is, statt hier inner Kiste zu hängen.

Wenn du ehrlich bist."

„Wenn ich ehrlich war, war ich nich hier", sagt der kleine Skatspieler.

„Meister, Stadt in Kalabrien."

„Wer arbeitet, der wird auch was", sagt Tuddel.

„Was?"

„Wieso was?"

„Ich kenne einen, der hat Tach und Nacht gearbeitet. Tags im Gerüstebau, nachts in Sparkassen. Der ist Kalfaktor geworden. Und ein anderer, der hat zwei Puppen laufen lassen. Der ist Aktionär geworden, ohne zu arbeiten. Das wusste die Schmiere. Und 'n anderer, der Krupp-Sohn, der kricht 'ne Million im Jahr, ohne zu arbeiten. Der ist mit fünfundzwanzig Rentner geworden. Das wusste die Schmiere auch. Irgendwas wird jeder."

„Der ist nie zufrieden", brummt Tuddel.

„Meister, Stadt in Kalabrien."

Tuddel ist Spezialist für Kreuzworträtselfragen. In jeder freien Minute bildet er sich weiter.

„Man darf geistig nicht abstumpfen."

„Kalabrien, Kalabrien, Stadt in Kalabrien."

Er legt nachdenklich den Zeigefinger an die großväterlich hängenden Backen.

„Tja, da muss ich ehrlich sein, da bin ich überfragt. Haben Sie nicht was mit Archäologie. Mein Hobby. Da braucht ich Ihnen die Antwort nicht schuldig zu bleiben."

„Nee, Meister, haben wir heute nicht."

Als Blum dabei ist, seinen Napf abzuspülen, tritt Peter, das Zuckermäulchen, an ihn heran.

„Klebt, was?"

„Klebt."

„Geht nich ab, die Scheiße. Kannst es nur verschmieren."

„Ja."

„Ich hab noch etwas Tabak. Ziehste mit mir einen durch auf'n Lokus?"

„Lieber nich."

„Hast Angst vor Hase, wie?"

„Denk, was du willst."

Am nächsten Tag treffen sie sich in der Wartehalle beim Arzt.

„Hase hat dich als Zeuge angegeben. Willste ihn decken?"

„Ich bin gegen Anzeigen. Du hast nichts davon. Wir machen uns hier fertig, und die sägen uns immer tiefer rein. Es bringt nichts ein."

„Aber was soll ich machen? Soll ich noch lachen, wo er mir das Nasenbein einschlägt?"

„Keine Ahnung. Ich bin zu kurz hier. Ich kenn mich hier nicht aus. Ich bin gegen Anzeigen."

„Du wirst sehen. Die Schläger, die machen dich fertig. Ich hab immer Angst. Sogar nachts. Ich hab drei

Jahre. Da machen sie dich fertig. Sie wollten mich ins Lager schicken, aber da will ich nich hin. Da isses noch schlimmer."

„Bist du das erste Mal drin?"

„Nö, Jugendknast. 1-3. Anderthalb Jahre habe ich abgemacht. Wegen Autodiebstahl."

Ein Mann von der Kripo kommt, und Blum sagt, dass Hase angegriffen worden sei. Der Mann hackt es mit zwei Fingern in die Maschine.

„Fertig. Unterschrift und Punkt. Uns interessiert das nich, was ihr da unter euch habt."

Auf dem Weg zum Arzt, als sie ihre Latschen über den Zellengang ziehen, kommt ihnen der Badekalfaktor mit einem Sack Wäsche entgegen.

„Ah, mein purpurner Badefreund! Wie wär's mit einem Thermalbad privé zu Zuckerbrot und Stoppmann?"

„Diese fiese Schwuchtel", sagt Zuckermäulchen, „der holt immer die Jugendlichen von 24 in seine Wanne. Gibt er ihnen 'n Päckchen Tabak und lässt sich einen blasen. Kannste fragen, die Jugendlichen ham immer Tabak."

„Warum ist der dann Badekalfaktor?"

„Weil er schon 'n paarmal hier war. Den kennen die Beamten. Da kricht er gleich 'n Job. Und dann kann er Judo. Sonst könnt er sich so'ne Töne gar nich leisten."

Der Alte mit der Nierenkolik stirbt, nachts und un-
bemerkt. Morgens ist er steif. Der Dicke bemerkt es,
weil er ihn jeden Morgen schüttelt und anschreit:
„Alter, los, Saaldienst!" Diesen Tag fügt er hinzu:
„Die linke Sau hat 'n Löffel weggelegt."
Darauf laufen sie alle zusammen und stehen herum.
Einer wühlt unter dem Kopfkissen.
„Vielleicht hat er Tabak", sagt er. Einige lachen, als
er ein halbes Päckchen findet. Das Kraut ist alt und
strohtrocken.
„Die Alten sind die Schlausten", sagt er, als er sich
den Tabak einsteckt. „Gehn immer mit schlechtem
Beispiel voran."
Sie holen ihn ab. In sein Bett kommt ein Zugang.
„Das ist Würmann. Dieter Würmann. Hab ich in der
Zeitung gelesen", erklärt Aldo Fux den anderen.
„Fremdenlegion, Tischler, Notzucht mit Todesfolge.
Hat 'n elfjähriges Mädchen geknackt und abge-
murkst."
„Kuck an", sagt Hase. „Die Sau. Sollten sie gleich die
Rübe abmachen."
„Vielleicht isser's nich."
„Biste Würmann?" schreit Hase.
„Wieso?"
„Nich wieso! Ob de Würmann bist, will ich wissen.
Oder haste keinen Namen?"

„Und wenn ich's wär?"

„Also biste Würmann, der 'n Mädchen gefickt und kaltgemacht hat!"

Würmann ist rot und fasst sich aufgeregt ans Ohrläppchen. Er reibt es.

„Red doch nich so 'n Unsinn! Ich bin unschuldig. Ich war das nich. Denkste, ich mach so was. So 'n Schwein bin ich nich."

„In der Zeitung stand doch, dass du 'n Geständnis am Tatort gemacht hast", sagt Fux.

„Das waren nur die Hunde von der Kripo, die haben mich ganz fertiggemacht und beschwatzt. Ich kannte die Kleine ja überhaupt nich. Ich hab die nur gefunden, als die schon tot war. Und da hab ich über der Leiche gekniet, um zu sehen, was is, und da is ein Auto gekommen, und der Fahrer ist rausgesprungen und hat gleich geschrien, du Mörder, und mich gepackt. Ich wusste gar nich, was los ist." Er redet schnell und wischt sich den Schweiß ab. —

„Erzähl das deiner Großmutter, du Bestie", grölt der Dicke und gibt ihm einen Stoß, dass er stürzt und mit dem Rücken auf die Bettkante knallt. Er röchelt. Er rappelt sich hoch. „Ich war bei der Legion. Ich bin Ringer."

„Thüringer", sagt der Dicke, geht hin und klatscht ihm eine. Alle rücken näher. Würmann setzt sich aufs Bett und murmelt, immer leiser, „ihr Schufte", während Zuckermäulchen ihm gleichmäßig und locker mit der Faust auf den Kopf bumst. Würmann hält den Kopf gesenkt und beginnt zu weinen. Als sie das Abendessen bringen, läuft er zum Beamten und schreit:

„Ich halt das nich aus! Ich will hier raus!"

„Wer will das nich", sagt der.

Es gibt Jagdwurst mit dem blauen Streifen vom Freihof. Ein Stück Margarine, drei Scheiben Brot und Apfeltee. Hase spießt mit der Gabel rüber und nimmt die Wurst von Würmann und der Dicke das Brot und die Margarine.

„Will sowieso nichts essen", sagt Würmann, lässt alles stehen und setzt sich aufs Bett.

Einige Tage ernährt er sich von Kartoffeln. Die lassen ihm die anderen. Dann wird er verlegt. Er kriegt 12, die kleine Einzelzelle.

Die Nacht darauf spricht Blum mit Hase über einen Ausbruch. Da Hase bald entlassen wird, soll er die Anweisungen einem Freund Blums draußen übermitteln. Der Freund soll Blum helfen. Er soll ihm ein Engelshaar, ein mit Diamantensplittern besetzter Stahlfaden, in den Absätzen von ein Paar Schuhen verstecken. Die Schuhe soll er durch einen Boten für Blum bei der Anstalt abgeben lassen. Er wird dann einen Antrag auf Aushändigung der Schuhe stellen und mit dem Engelshaar die Gitter durchsägen, dann in den Innenhof, von da über das Dach eines Schup-

pens zu einem tief gelegenen Fenster der Staatsanwaltschaft. Die Scheibe wird er eindrücken und
durch ein Fenster auf der anderen Seite des Gebäudes auf die Straße springen.

„Was willst dann machen?" fragt Hase.

„Ganz egal. Auf dem Bau arbeiten oder Scheiße
schippen – nur raus."

Am nächsten Nachmittag muss Blum die Sachen
packen. Er wird auf Zelle 21 verlegt.

Kurz vor dein Rausgehen flüstert ihm Hase zu: „Das
war der blonde Lattmann, der Wichser. Von seinem
Bett aus konnte der uns hören. Und der war heute
auch länger weg, aber nich zum Arzt. Der will ma
wieder 'n paar Briefe mehr an seine Mama schreiben.
Komm morgen zur Freistunde, da kapp ich ihn mir."

„Auseinander da", raunzt der Beamte.

„Siehste", sagt Hase.

Burkhard Driest

Zelle 21

Vier Mann. Adolf, Lucki, Jürgen und Blum. Ein
Tisch, vier Stühle, abgeteiltes Ziehklo, wo es nach
kaltem Tütenqualm riecht. Lucki und Jürgen sind U-
Gefangene, Adolf aus Hannover schiebt vier Jahre
wegen Rückfalleinbruchs. Adolf schläft den ganzen
Tag. Nachts auch. Blum sitzt auf dem Bett oder steht
am Fenster. Manchmal blickt er auf den Schlafenden.
Er geht hin, beugt sich über ihn und hebt eines seiner Augenlider. Adolfs blaues Auge blickt starr. Er
schläft. Vormittags kriegt Adolf Pudding. Er lässt
sich wecken und schlabbert seinen Pudding. Am
Dienstag muss er zahlen. Ein halbes Päckchen Tabak
für den Milchkalfaktor. Dafür bekommt er wieder
für eine Woche seine Sonderration. In der Nacht
träumt Blum von einem starren Blauauge, das von
einem dünnen Vanillepuddingfilm überzogen ist.
Schmierig und glucksend wird es größer und kleiner.
Blum beobachtet Jürgen. Er sieht, wie er gründlicher
als jeder andere seinen Fressnapf reinigt. Er putzt
morgens und abends die Zähne. Er tut es, als wolle
er das Rötliche unter dem weißen Zahnschmelz her-
vorbringen. Jürgen war Geschäftsführer in einer klei-

nen Fabrik, die Automaten herstellt. Die Firma ging
in Konkurs, nachdem er seinen Job ein dreiviertel
Jahr hatte. So war es auch mit der vorigen Firma gewesen. In beiden Fällen war er in Ermittlungsverfah-
ren wegen Unterschlagung, Untreue und Betrug verwickelt worden. Er sitzt schon seit fünf Monaten in
U-Haft.

„Ich habe einen sehr guten Anwalt. Das Ermitt-
lungsmaterial umfasst bereits fünf dicke Aktenord-
ner. Für die Kripo ist die Materie zu kompliziert. Die
steigen da überhaupt nicht durch."

Blum lässt sich den Fall genau erzählen. Er stellt Fragen. Drei Tage lang versucht er, Jürgen zu beweisen,
dass sein Fall aussichtslos ist, dass sie ihn verurteilen
werden. Lucki und Adolf unterstützen ihn dabei.
Wenn Blum nach einer langen Beweisführung bei
dem Urteil auf drei Jahre Gefängnis angelangt ist,
rufen Lucki und Adolf:

„Hundertprozentig! Das sieht doch 'n Blinder mit 'm
Krückstock! Die werden dir noch die Beine aus'm
Arsch rupfen!"

Zu diesen Vorstellungen lässt sich Adolf von Lucki
wecken. Schläft er zwischendurch wieder ein, dann
rüttelt ihn Lucki am Ende wach und fragt: „Was
meinst du Adolf?"

„Drei oder vier Jahre kricht der Sack. Das sieht doch
'n Blinder mit 'm Krückstock."

Jürgen bleibt ruhig. Er sagt ja, ja und was versteht ihr

schon davon. Aber Blum beobachtet, wie er jedes Mal nach einer Verhandlung an das Waschbecken geht und sich die Hände wäscht.

Zwischendurch wichst er. Wenn abends um neun die Deckenbirne ausgeht, sieht Blum im Licht der Scheinwerfer von draußen, wie es sich - oft länger als eine halbe Stunde - im Bett von Jürgen bewegt. Jede Nacht. Schließlich ist es Lucki auch aufgefallen. Als Jürgen zum Arzt ist, sagt er:

„Das geile Schwein wichst jede Nacht. Das ist so 'n Typ, der fickt sogar noch 'n Kaninchen. Los, Blum, in der nächsten Verhandlung gegen ihn frag ihn mal."

Und in quäkender Stimme: „Für das Gericht stellt sich die Annahme, dass der Angeklagte die strafbaren Handlungen begehen musste, um genügend Mittel für sein ausschweifendes Geschlechtsleben zu erlangen."

Adolf und Lucki lachen kreischend.

Es ergibt sich, dass Jürgen eine jüngere Freundin hatte, die er öfter mit auf Geschäftsfahrten nahm.

„Wie sie aussah! Wie sah die aus?"

„Angeklagter, bitte beschreiben Sie uns das Mädchen."

„Sie war schlank, schwarzhaarig, grüne Augen."

„Die Titten! Blum frag ihn, was für Titten die hatte!"

„Und die Fotze", schreit Adolf, „groß oder klein! 'n hübscher schwarzer Bär?"

63

Jürgen wird rot. Seine Augen glänzen.

„Angeklagter, beantworten Sie bitte die Fragen der Schöffen."

„Das Mädchen hatte volle, pralle Brüste. Größer als meine gewölbte Hand. Die Brustwarzen waren fünfmarkstückgroß und dunkelbraun. Wenn ich sie berührte, richteten sich die Nippel auf, wurden hart und das Fünf-Mark-Stück zog sich zusammen. Die Vagina war nicht zu klein und schloss sich nach dem Einführen des Glieds weich und saugend um den Schwanz des Herrn. Der Bär bildete ein exaktes Dreieck. Die Haare standen nicht ab, sondern lagen in schönen Wirbeln am Schamhügel an."

Er spricht mit belegter Stimme. Die andern starren ihn an.

„Zuerst wollte sie nicht. Aber dann brachte ich sie dazu, dass wir unterwegs einen Anhalter mitnahmen und mit dem zusammen in einem Hotel abstiegen. Wo die standen, also zum Beispiel an der Autobahnauffahrt Hamburg, da fuhr ich langsam an der Reihe vorbei, damit sie sich einen aussuchen konnte. Wir erklärten ihm dann zusammen, was wir von ihm verlangten. Wenn er nicht einverstanden war, setzten wir ihn wieder ab und suchten einen anderen."

„Was habt ihr mit dem gemacht?"

„Er musste mit in unser Doppelzimmer kommen und meine Freundin ausziehen. Danach zog sie ihn aus. Wenn wir alle drei nackt waren, spielten wir erst so miteinander rum, und dann musste er sie lecken. Das machte mich unheimlich geil, wenn sie dann stöhnte und sich wie eine Schlange hin und her wand. Gleich danach musste er mich blasen, und dann musste sie das, und dann sie ihn, und während sie das tat, habe ich sie von hinten gefickt. Je nachdem. Einmal hatten wir einen Neger. Der musste sie vergewaltigen. Ihr so richtig die Beine auseinanderreißen und sie dann unheimlich vögeln. Sie schrie und wimmerte, erst vor Schmerz, weil der so 'n großen Riemen hatte, aber dann vor Geilheit. Das dauerte eine halbe Stunde. Ich habe dabei gewichst und gespritzt, als der Neger es in sie reinseichte. Das sah phantastisch aus, wie er zwischen ihren weit gespreizten Beinen lag und wieder und wieder mit seinem stahlharten Ding in ihre weiche Fotze stieß, und sie schrie und ihre Lippen zitterten und ihre weißen Hände zuckten auf seinem braunen, muskulösen Rücken. Morgens frühstückten sie und ich dann zusammen, und er musste an einem anderen Tisch sitzen und so tun, als kenne er uns nicht. Das war wichtig. Das machte uns schon wieder scharf."

Der Angeklagte wird zu zehn Jahren Zuchthaus verurteilt. Als Nebenstrafe wird ihm auferlegt, seinen Schwanz rauszuholen, ihn steif zu machen und mit einem Rutenschlag abstrafen zu lassen.

Den Henker macht Adolf freiwillig.

"Is keine Rute da."

„Nimm sein Lineal. Das is biegsam."

„Hol ihn raus, den Fisch."

Adolf holt ihn raus und in langen, langsamen Zügen wichst Jürgen ihn. Schon nach drei Handstreifen steht er. Halt an, er soll erst vermessen werden."

„Oben! Richtig wird oben gemessen."

Adolf hält das Lineal an. Die Vorhaut ist zurück, die Eichel dick und violett.

„Der is adlig. Der hat 'n blauen Nillenkopp", sagt Lucki. "19 cm von oben und 8 cm im Durchmesser", sagt Adolf. „'n schöner Hammer."

„Er ist etwas runtergegangen", beschwert sich Jürgen. „Du musst ihn ein wenig streicheln."

Adolf wichst ihn sechs- oder siebenmal, dann hebt er blitzschnell das Lineal und schlagt zu. Jürgen stöhnt auf, fasst mit der Faust um seinen Schwanz, und spritzt im hohen Bogen in die Zelle. Er röchelt und lässt sich aufs Bett fallen.

Adolf hat Blum auf eine neue Idee gebracht.

„Wenn du auf 51 II raus willst", hat er gesagt, „dann musst du denen zeigen, dass du 'ne Macke hast. Ich kannte mal einen, der hat gerudert. Kam der Maschores, schloss die Zelle auf und sagt: Was machen Sie denn da? Sagt der: Ich ruder. Wie, meint der Maschores, Sie rudern? Und als er in die Zelle gehen will, schreit der Knacki: Vorsicht, Meister, Wasser! Sehen Sie denn nicht? - alles Wasser. Warten Sie, ich

ruder mit meinem Boot ran, dann können Sie einsteigen. Und er rudert weiter mit seinen Armen und
rutscht dabei langsam auf dem Boden auf den Meister zu. Da hat der Maschores 'nen andern zu Hilfe
geholt, sind sie rein in die Zelle, und der rudert immer noch. Ham ihn an den Schultern gepackt und
geschüttelt. Da is der hin- und hergekippelt und
klatsch, lag er auf dem Bauch und macht mit den
Armen Schwimmbewegungen und schreit: Ihr
Schweine, ich schlucke Wasser! Und: Mein Boot,
mein Boot! Wo is mein Boot? Mein Boot is abgesof-
fen! Dann hat er 'n Antrag an die Anstaltsleitung geschrieben, dass er 'n neues Boot verlangt. Dringend
hat er draufgeschrieben, weil er sich nich länger als
'ne Woche über Wasser halten kann, obwohl er der
Weltmeister im Kanalschwimmen war," „Und was
ham die gemacht?"

„So 'n Anstaltspsychologe is gekommen und hat ihn
nach der Wassertemperatur gefracht."

„Und dann?"

„Der hat immer noch nich aufgegeben, da hamse
den Anstaltspfarrer geschickt und der hat gesacht, er
könne Gott danken, dass der ihm die Möglichkeit zur
Sühne gibt, und es wär schon wieder 'ne Sünde,
wenn er sich mit so linken Tricks von der Strafe drücken will."

Blum verabredet mit den anderen, dass er einen An-
fall kriegen soll. Die andern freuen sich, dass über-

haupt mal was passiert. Sie reißen die Matratzen aus den Betten, kippen die Hocker um, werfen alles durcheinander in der Zelle. Blum macht Kniebeugen, bis sein Kopf knallrot ist, er keine Luft mehr kriegt und der Puls rast. Er legt sich auf den Boden, mit dem Kopf halb unters Bett. Die drei knien sich auf ihn und halten ihn fest. Einer wirft die Klappe. Sie warten. Die Tür wird aufgeschlossen. Blum fängt an, sich wie wüst zu wehren.

"Was ist hier los?" schreit Tuddel Weingarten erschreckt.

„Der is übergeschnappt, Meister", sagt Adolf. "Ich brenne, ich brenne schreit der in einer Tour, und als ich ihn frage, ob er mir mal Feuer geben kann, springt er mich plötzlich an die Gurgel und würgt mich."

„Lassen Sie mal sehen", sagt Tuddel Weingarten. "Ja, er hat einen ganz roten Kopf und ziemlich heiß. Puls . . . hm. Puls geht unnormal schnell. Augen ..." Blum hat die Augen verdreht.

Tuddel ist ratlos. „Bringen Sie ihn zum Arzt", schlägt Jürgen vor. Blum wird gestützt und zum Arzt gebracht.

Der Arzt fragt ihn, wie das gekommen sei. Blum kann sich an nichts erinnern. Der Arzt fragt Blum, welche Krankheiten er gehabt habe. Blum zählt seine Kinderkrankheiten auf und betont Migräne. Der Arzt blickt lange ins Krankenblatt. Den Kopf stützt er in

die Hand. Blum wartet. Der Arzt rührt sich nicht, sagt nichts mehr. Links an der Wand ist das gleichmäßige Ticken einer Kuckucksuhr zu hören. Blum beugt sich vorsichtig vor, um zu sehen, ob der Arzt eingeschlafen ist. Die Augenlider hinter der Brille bewegen sich nicht. Blum muss sich noch etwas näher beugen. Da fährt der Arzt zurück und schreit ihn mit aufgerissenen Augen an: „Was ist los? Was wollen Sie von mir? Sie können jetzt gehen!"
Blum geht.

Hase kommt nicht mehr zur Freistunde. Aldo Fux erzählt Blum, dass Hase die Freistunde gesperrt worden sei.
Blum macht sich Sorgen, dass er Hase den Plan für den Ausbruch nicht mehr übergeben kann.
„Das war ja 'n linkes Ding von dem Lattmann, euch zu verzinken."
Am nächsten Tag ist Hase draußen.
„Haben sie die Sperre aufgehoben?-
„Weiß nich. Bin einfach rausgegangen."
Hase sieht unruhig umher, während sie die Runden drehen.
„Da isser!"
„Wer?"
„Lattmann, der Krüppel."
„Mensch, lass den doch in Ruhe, sonst kommst du morgen wieder nicht raus!"

„Quatsch. Pass auf, wir überholen jetzt die andern unauffällig, bis wir hinter ihm sind. Immer wenn der Maschores nicht peilt, gehn wir schnell an zwei vorbei. Los jetzt!"

Sie rücken langsam in der Reihe auf. Sie sind hinter Lattmann. Hase macht einen großen Schritt nach vorne und tritt Laitmann mit voller Wucht auf den Hacken. Lattmann schreit auf und fährt herum. In dem Moment schlagt Hase zu, stößt einen Schmerzensschrei aus, reißt die Hände vors Gesicht und lässt sich fallen. Es geht so schnell, dass er noch vor Lattmann auf dem Boden ist. Während Lattmann sich wieder aufrappelt und seine blutende Nase und das schwellende, blutunterlaufene Auge betastet, krümmt sich Hase an der Erde und jammert. Hase und Lattmann werden abgeführt.

Abends überprüft Blum noch einmal seinen Plan und schreibt ihn für Hase auf einen Zettel.

Als am nächsten Vormittag die Gefangenen der unteren Abteilung zur Freistunde gehen, ist Hase nicht dabei. Blum wird nervös. Er sieht Aldo Fux und fragt ihn.

„Der muss drinbleiben. Kann sein, er kommt auf Transport."

„Was is los? Antreten, antreten!" schreit Toman.

Blum springt an die Zellentür Nr. 13. Normalerweise sind die Türen während der Freistunden von außen nur verriegelt. Nr. 13 ist abgeschlossen.

Blum bückt sich, um den gefalteten Zettel unter der Tür durchzuschieben. Von innen dichtet eine starke Lederlasche den Spalt ab. Blum schwitzt. Er drückt noch mal gegen das Papier. Nichts. Plötzlich die hysterische Stimme von Toman.

„He, du da! Was machst du da?"

Blum zerknüllt den Zettel in der Faust. Toman ist schon heran.

„Mayer, los, kommen Sie!" schreit er dem Schließer zu. Blum ist mit dem Rücken an die Wand zurückgewichen.

„Geben Sie das her, was Sie da in der Hand ham!"

Blum rührt sich nicht.

„Los, packen!"

Mayer und Toman springen ihn an. Gegenwehr bedeutet Widerstand gegen die Staatsgewalt und Körperverletzung. Widerstand gegen die Staatsgewalt und Körperverletzung bedeuten ein bis zwei Jahre mehr. Blum bleibt ruhig. Sie drehen seinen Arm auf den Rücken, bis er aufschreit und den Zettel fallen lässt.

„Sicherheitszelle!" schreit Toman.

Sie schieben ihn in die Zelle. Sie liegt neben der Tür zum Hof. Es ist eine kahle Ein-Mann-Zelle, ein Drittel besteht aus einem Käfig. Die daumendicken Stahlstangen sind in Boden und Decke einzementiert.

Mayer öffnet die Käfigtür. Sie drücken Blum hinein. In dem Käfig ist ein Zementblock, so groß wie ein schmales Bett. Die doppelt gepanzerte Eisentür kracht ins Schloss.

Blum sieht sich um. In der Mitte der Wand zum Hof, aber ganz oben, ist ein Fenster. Doppelte Gitter und Maschendraht, obwohl das Fenster ohnehin außerhalb des Käfigs liegt. Am Ende des Zementbetts stehen Kübel, Waschschüssel und Kanne. Am Kopfende liegt eine Bibel. Wenn Blum auf dem Steinklotz sitzt, berühren seine Knie die Käfigstäbe. Auf- und Abgehen ist nicht drin. Die Wand hinter ihm ist mit Scheiße, Schrift/eichen und kastanienbraunen Flecken wie von altem Blut bedeckt.

Blum bleibt vierzehn Tage im Käfig, eine Sicherheitsmaßnahme, keine Strafe. Er bekommt zu essen wie die anderen auch. Einmal eine halbe Stunde allein im Hof. Nachts alle zwei Stunden von der Steinbank, um Liegestütz und Kniebeugen zu machen, bis er erschöpft genug ist, um wieder für zwei Stunden schlafen zu können.

Einmal, abends, kommt der Beamte vom Nachtdienst, einer, den Blum nicht kennt. Er erzählt, er sei vorher bei der Bundeswehr gewesen. Das aber war ihm zu viel Arbeit. Hier schiebt er eine ruhige Kugel. Nachtdienst ist langweilig, aber ihm kommt es auf die Pension an.

Als Blum nach fünf Tagen Transport in das Untersu-chungsgefängnis zurückkommt, wird er in Zelle 13 eingewiesen. Bielich, der Student, der viele Monate hier gehaust hat, ist inzwischen weg. Er hat zwölf Jahre Zuchthaus wegen Mord an einem ehemaligen Lehrer bekommen. Gerta aus Schweden war da. Ger-ta ist wieder abgereist. Freitag, Duschtag: Der Heizer und Schwakowski sprechen darüber, dass Luft in den Heizungsrohren ist. Es hat eine kleine Detonation gegeben, als das Wasser überkochte. Sie stehen am Ofen und beobachten den Temperaturanzeiger. Wenn man nichts dagegen tut, wird es eines Tages eine riesige Explosion geben.

Burkhard Driest

Irrenanstalt

Blum wird auf Antrag der Verteidigung in eine Nervenanstalt zur psychiatrischen Untersuchung eingewiesen. Die Verteidigung glaubt, dass Blum zur Zeit der Tat erheblich vermindert zurechnungsfähig war. Chronischer Alkoholismus und Missbrauch von Preludintabletten hätten in Verbindung mit der beruflichen Belastung und der allgemeinen neurotischen Fehlentwicklung Blums zu einem Abbau der Persönlichkeit und zu schweren Störungen der Willensbildung (Enthemmung) geführt.

An einem Vormittag muss Blum seine Sachen packen. Er erfährt, dass er ins Landeskrankenhaus verlegt wird.
„Viel Spaß in der Klapsmühle", sagt der Kammerbeamte.

Blum in Handschellen in der Grünen Minna durch die Stadt hinauf zum Hügel, wo die Anstalt liegt. Auf einem der Gebäude flattert die Bundesflagge.

In der drei mal vier Meter großen weißgestrichenen

Zelle steht ein winziger Tisch, ein Stuhl und ein
weißlackiertes Krankenhausbett. Das Fenster besteht
aus drahtdurchzogenem Milchglas. Das mittlere Drittel lässt sich mit einem Vierkantschlüssel öffnen. Das
Fenster in Blums Zelle ist verschlossen. Es fällt Licht
rein, hinaussehen kann er nicht. Bücher, Papier und
Kugelschreiber sind ihm auf der Kammer abgenommen worden, müssen erst von dem zuständigen
Arzt angesehen und geprüft werden. Ein Päckchen
Tabak und die Pfeife hat er behalten, Streichhölzer
nicht.

Eine Stunde vergeht. An der Tür ist eine Klingel. Er
drückt. Nach einer Weile öffnet sich die Tür. Ein
Pfleger mit Brille.

„Na?" fragt er gedehnt.

"Ich möchte Feuer haben."

"Es gibt kein Feuer. Feuer gibt es in den Rauchpausen. Die sind dreimal am Tag, vormittags, nachmittags und nach dem Abendessen. Dann können Sie
jeweils ein Pfeifchen schmauchen. Mehr nicht. Sie
müssen sich also schon gedulden bis nach dem
Abendessen."

Blums Gesicht überzieht eine leichte Röte. Sein
Mund öffnet sich, als wolle er etwas sagen. Seine
Lippen zittern.

„Möchten Sie noch etwas?" Blum zittert. Der Pfleger
lächelt. Er schließt die Tür. Blums Schultern
zucken. Mit den Fäusten verkrampft er sich in den

Gitterstäben des Bettes. Springt auf, verdreht die Augen, lässt sich zurückfallen. Er schreit etwas von Farce und von Lynchjustiz.

Zur Vorbereitung eines Gutachtens über den Geisteszustand des Beschuldigten kann das Gericht anordnen, dass der Beschuldigte in eine öffentliche Heil- oder Pflegeanstalt verbracht und dort beobachtet wird.

Blum wird beobachtet.

Ein Winternachmittag und Dunkelheit bricht herein. In der Dämmerung kniet Blum vor dem Bett. Die weiße Glockenlampe an der Decke flammt auf. Wände in weißer Ölfarbe. Für einen Moment vibriert der Raum. Blum steht auf und stellt sich in die Ecke. Nach einer Stunde wird die Zelle aufgeschlossen, und der Kalfaktor stellt das Abendessen auf den Tisch. Der Pfleger steht an der Tür. Blum nähert sich ihm, langsam geht er heran bis an die Türfüllung. Der Pfleger mit der Brille kräuselt die Stirn.

„Kann ich nicht mit den anderen zusammen essen?"

„Sie essen da, wo Sie sitzen. Oder stehen."

Zelle zu. Blum isst. Nach einer Weile kommt der Kalfaktor mit dem Pfleger und holt das Essgeschirr.

„Wie ist das mit dem Feuer?"

Blum raucht.

Sie kommen wieder. Der Pfleger sagt:

„Ausziehen, Bettruhe!"

„Wenn ich mich ausziehen soll, machen Sie gefälligst die Tür zu." Blums Hals ist gerötet.

„Tisch, Stuhl, Nachtschränkchen kommen raus auf den Gang. Alles bis aufs Bett. Dann auf dem Gang ausziehen, Nachthemd an. Ihre Sachen bleiben draußen auf dem Stuhl. Morgen früh können Sie alles wieder reinnehmen. Karl hilf ihm dabei", sagt er zum Kalfaktor.

Der Kalfaktor kommt rein, mit dösigem Blick, nimmt Stuhl und Tisch und Nachttischchen, schleppt alles auf den Gang.

Blum, mit leicht geöffnetem Mund, sieht zu.

Blum tritt vor die Zelle. Links und rechts sind die Anstaltsinsassen dabei, ihre Tische und Stühle und Nachtschränkchen auf den Gang zu zerren. Manche sind schon fertig damit, stehen daneben, ziehen sich aus und legen die Sachen auf den Stuhl. Wenn sie ausgezogen sind, ziehen sie sich ihr langes Nachthemd über. Danach werden die Zellen verschlossen und das Licht verlöscht.

Am nächsten Tag Visite. Dr. Zinn mit zwei Pflegern. Blum springt auf, steht in strammer Haltung vor dem Bett.

Das Zinn-Lächeln.

„Wie fühlen Sie sich bei uns?"

Blum, blau-weiß gestreift, Unterarme aus der zu kurzen Jacke hängend, tritt von einem Fuß auf den an-

deren. Er greift mit zwei Fingern in den Halsausschnitt und schluckt. Dr. Zinn ist einen Kopf kleiner
als Blum. Er klopft ihm anerkennend auf die Schulter.

„Sie haben Ihr Bett tadellos gebaut."

Und zum Pfleger: „Er kann, wenn er will, Gemein-
schaftsessen haben. Seine beiden Bücher können ihm
ausgehändigt werden, aber nicht das über LSD. Er
kann auch seinen Schreibblock und einen Kugelschreiber haben. Was Sie schreiben, unterliegt meiner
Einsichtnahme."

Von nun an kann Blum mit den anderen an den
Holzbänken hinter dem großen Gitter essen. Er setzt
sich auf einen Platz mit dem Rücken zur Wand. Ein
hochaufgeschossener Junge mit Pickeln im Gesicht
kommt auf ihn zu und tippt ihm auf die Schulter.

„Das is mein Platz.

Blum erhebt sich und wartet, bis sich alle gesetzt haben, ungefähr vierzig, fünfzig Mann. Der jüngste ist
siebzehn, der älteste siebzig. Zwei oder drei betrach-
ten ihn lange, die meisten achten gar nicht auf ihn.

Am Ende der mittleren Holzbank ist ein Platz frei,
da setzt er sich hin, den kleinen muskulösen Mann
ihm gegenüber grüßend. Ohne vom Löffeln seiner
Suppe aufzublicken, murmelt der etwas. Nach der
Suppe Kartoffelsalat und Bockwurst. Danach einen
Apfel.

Die Kalfaktoren räumen ab. Hinter ihnen schließt

sich das Gitter. Die Blau-Weiß-Gestreiften springen auf und drangen ihre Gesichter mit der Pfeife oder Zigarette zwischen die Stäbe. Der Pfleger gibt vierzig-mal Feuer.

Wenn es nicht regnet, kommen nach dem Mittagessen alle für zwei Stunden in den Garten. Sie haben den Spaziergang gemeinsam mit der unteren Abteilung, das sind die schweren Fälle. Sie tragen die gleiche Kleidung, aber sie haben einen gestörten Gesichtsausdruck, klobige Bewegungen, humpelnden Gang oder brummeln. Manche wackeln mit dem Kopf hin und her, her und hin. In Blums Abteilung sind meist Straftäter, die nach ihrer Strafverbüßung oder gleich nach dem Urteil hier eingewiesen wurden. Blum ist der einzige U-Häftling.

Der Garten ist ein Rechteck, dessen zwei Seiten von den Schenkeln des Gebäudes gebildet werden, und die anderen zwei Seiten von einer zehn Meter hohen Mauer. Zwischen Mauer und Spazierweg sind rundherum schmale Blumenbeete angelegt, auf denen, jetzt im März, nur Strünke stehen.

Er überholt die andern. Die gehen langsamer oder sitzen auf Bänken.

Niemand spricht.

Blum findet Gesellschaft, Karl, einen dicken Jungen, den die anderen Schlumpf rufen. Karl ist fett, er kann nur watscheln, schaukelt beim Gehen wie eine gemästete Gans.

Karl kommt vom Dorf. Er möchte wieder beim Bauern arbeiten.

Er erzählt: „Ich hab geklaut, und aufm Gericht hamse mir gesagt, dass ich schwachsinnig bin. Sagen, ich habe Stupor. Der Arzt sagt, ich komme bald raus. Der lügt. Ich bin nich kluch, aber nich so blöd, dass ich hier drin sein muss. Findest du, dass ich blöd bin?"

Karl hört auf zu watscheln, fasst Blum leicht am Arm und sieht ihn an. Als Blum nichts sagt, zieht Karl an Blums Jacke, große ängstliche Augen.

„Was is? Bin ich blöd?

Sie rücken wieder ein. Unterhalb der Treppe, wo sie ihre Stiefel wieder mit den Hauslatschen vertauschen, fallen fünf über Karl her. Sie schmeißen seine Schuhe weg, hauen ihm mit dem Stiefel auf den Kopf, bilden einen Kreis um ihn, in dessen Mitte er hilflos wie ein Bär drängelt und taumelt, schubsen ihn von Mann zu Mann, bis er fällt. Er liegt, und einer tritt ihm mit dem Fuß in den fetten Leib. Der Anstifter hat einen braunen Filzhut auf mit hochgebogenen Seitenkrempen.

Der Pfleger, ein paar Stufen höher auf der Treppe, der mit der Brille, lächelt. Das gleichmäßige Grunzen Karls wird unterbrochen vom Takt der Fußtritte, die seinen Bauch treffen. Der Pfleger zieht ein Taschentuch, wischt sich die Mundwinkel aus. Er hat eine

Praline gegessen.

Blum steht bewegungslos und starrt auf den Pfleger.

Plötzlich schreit der Pfleger:

„Wechseln Sie Ihre Stiefel! Was stehen Sie so herum und glotzen mich an!"

Blum im Tagesraum am Fenster, sieht auf die Felder.

An manchen Stellen liegt noch Schnee.

Ein Jahr ist fast vergangen.

Josef, mit dem Blum schon ein paarmal gesprochen hat, stellt sich neben ihn. Er ist fünfundzwanzig, freundliche Stimme: „Ich werde hier noch verrückt. Kuck mal den da: Egon. Er liegt den ganzen Tag auf der Bank und schläft. Und den da hinten, sitzt stundenlang am Fenster. Siehst du den silbernen Streifen dahinten? 'ne Bundesstraße. Wenn du dich anstrengst, kannst du die Autos sehen. Da kuckt er hin. Passt auf, dass alles in Ordnung geht. Ist der Kaiser der Welt. Mit Cornelia Froboes verlobt. Schreibt lange Briefe an sie. Sie antwortet ihm durch Bravo. Er bestimmt alles, was passiert - die Fernsehprogramme, die Radiosendungen, die Politik. Oft schreibt er an Präsident Johnson, USA. Und der da, das ist hier der Jüngste, siebzehn. Der ist hier schon, seit er zwölf ist, hat seine Schwester oder seinen Bruder oder seine Großmutter oder irgendsonstwen erschlagen. Seitdem ist er hier. Ist völlig normal, der Junge, aber sie lassen ihn nicht raus, weil er keine Angehörigen hat."

„Du bist doch auch ganz normal. Was ist mit dir?"
Josef lächelt. Stets leichtes Lippenzittern.
„Was heißt normal? Einen Tick haben hier alle. Auch
die Pfleger. Normal ist hier was anderes als draußen.
Kuck mal hier", er zeigt seine Hände. Er hält sie ab-
gestreckt mit den Handrücken nach oben. Sie zittern
wie die Lippen, und um die Augen zuckt es.
„Es kommt von der Spritze, irgendein amerikani-
sches Mittel. Ich habe sie vor drei Wochen gekriegt.
Das Zittern hört nicht auf. Die erste Woche danach
bin ich völlig fertig, und drei Tage kann ich nur im
Bett liegen. Meist kriege ich sie alle zwei Monate, mal
alle drei Monate, mal schon nach einem Monat. Wie
die den Zeitpunkt aussuchen, weiß ich nicht. Eines
Tages kommt der Pfleger mit dem Ding auf mich zu,
und ich zurück mit dem Rücken an die Wand und
schreie, und dann kommen noch zwei Pfleger und
halten mich fest, und dann jagt er mir das Ding rein.
Danach besteht die Welt für mich nur noch aus Zittern. Ich habe eine unheimliche Angst davor. Der
Pfleger weiß das. Wenn ich mit dem irgendwie Stuss
habe, sagt er, du bist so anders heute, ich glaube, du
brauchst wieder eine Spritze. Braucht das nur zu sagen, dann fange ich schon an zu klappern."
„Warum bist du hier?"
„Ich habe mit achtzehn meine Mutter umgebracht.
Mit'm langen Küchenmesser, auf Befehl von oben.

Der Prozess und alles schön und gut, und plötzlich bin ich auf der Anklagebank und schreie, ich bin Gott! Alle Befehle kriege ich vom Mars-Gott usw. Der Richter hat gemeint, ich spring ihm an die Gurgel. Dann Untersuchung und Einweisung. Schizophrenie, 51 I, bin seit sechs Jahren hier."

„Sehr geschickt", sagt Blum unsicher.

Blum will weg. Der Pfleger schließt das Gitter auf. Blum geht durch die Halle in den anderen Gang. Dort ist er für einen Moment allein. Er tritt an die Nachbarzelle, von der er weiß, dass dort Karl liegt. Nach der Schlägerei hat er ihn nicht mehr im Tagesraum gesehen. Karls Bett und alle anderen Sachen stehen auf dem Gang. Der Raum ist leer. In der Mitte sitzt Karl auf den Fliesen, die Beine um einen großen Plastikeimer gewinkelt, über den sein Oberkörper gebeugt ist. In der rechten Faust hält er eine Gabel. Damit fährt er in den Eimer. Frisst. Kartoffeln. Ohne abzusetzen, schlingt er rein. Ein ganzer Eimer voll Pellkartoffeln.

Am nächsten Tag bei Tisch erzählt Blum davon dem Seemann Alwin.

„Ja, ja, dem kannst du hinsetzen, was du willst. Der frisst so lange, bis nichts mehr da is. Einmal hat der Kalfaktor hier einen Eimer Erbsensuppe vergessen, und abends war der leer."

„Aber wie kommt so ein Eimer Pellkartoffeln in seine Zelle?"

„Andere kriegen 'ne Spritze. Aber wenn der ruhig sein soll, stellen sie 'n halben Eimer mit Pellkartoffeln rein. Stopfen ihm die Schnauze."

Blum und die Psychologin. Seitdem ihm jemand gesagt hat, dass es Frau Schuster und nicht Herr Schuster sei, hat er sich jeden Morgen sorgfältig gekämmt, sich zweimal rasiert, mit und gegen den Strich. Er verbringt Stunden vor dem Spiegel. Er öffnet den obersten Knopf seiner Jacke, prüft, ob er durch lässiges Offentragen des Pflichtknopfes sein Aussehen in dem zu kleinen Anzug verbessert. Die Psychologin: braunes Haar, zwei Korkenzieherlocken, schmales, bleiches Gesicht. Sie hat braune Augen. Die Unterlippe ist voller als die Oberlippe. Sie trägt einen zu weiten Pullover, der nur die Spitzen ihrer Brüste andeutet, Rock bis zu den Waden. Sie bittet Blum, an der schmalen Seite des Tisches Platz zu nehmen. Sie dreht ihren Stuhl so, dass sie voreinander sitzen.

Blum hat sich den blau-weiß gestreiften, schirmlosen, flachen Pfannendeckel auf den Kopf gelegt, der ihm als Kopfkleidung übergeben wurde.

Sie, auf den Deckel deutend: „Warum machen Sie das?"

Blum wird rot.

„Vielleicht ist Ihnen kalt auf dem Kopf."

Sie blättert in Blums Akte.

„Vielleicht erzählen Sie mir mal Ihre Kindheit."
Blum voll in der Kindheit. Wie er mit dem Kopf zuerst rausgekommen ist, die Krankenschwester ihn anlächelt, und dann hatte er gleich 'nen Steifen. Und dann die ganze Sauferei nach der Geburt mit der Hebamme und dem Chefarzt. Lag Erster Klasse. Später, wie der Onkel auf Urlaub kam und Mundharmonika spielte und nach jedem Lili Marleen die Lippen leckte. Mutters. Als der weg war – die Bomben, ganz Prentzlau stand in Flammen, drei Einmachgläser fielen aus dem Kellerregal und Oma Marga das Gebiss raus. Verstecken im Hühnerstall wegen der Russen, hinter dem Hühnerstall haben sie vier erschossen, sagt Mutter. Und irgendwo in einem Dorf fand sie der Vater. Ohne Abzeichen an der Uniform, 1945. 1950 ließen sie sich scheiden.

Zwischendurch steht er auf und wäscht sich die Hände.
Sie notiert das.

Blum auf der Zelle. Frau Schuster und Blum. Blum klammert sich an ihrem Pullover fest. Der löst sich auf. Auch der Nylonunterrock. Hände auf ihren Äpfeln. Nicht weh tun, aber leicht drücken, etwas reiben. Aber ich will ihm doch nur helfen. Selbst wenn sich der Schlüpfer auch auflöst. Blum liebt Frau Schuster.

Mit dem Latschen nach einer Spinne links oben in der Zellenecke schmeißen. Draußen hört er den durch den Spion linsenden Pfleger.

Das nächste Mal bringt sie ihm eine Apfelsine mit.
Tut sie von nun an immer.
Auch mal einen Apfel.
Nachts schlaflos. Unruhiges Wälzen.
Blum wird jetzt jeden Tag zu der Psychologin geführt.
Spricht mit ihr, legt Steinchen zusammen und zeichnet Strichmännchen, auf ihre Weisung. Er hört auf, den Pfannendeckel zu tragen.
Franz Blum beginnt in der Stille seiner Zelle lange Briefe an Frau Schuster zu schreiben.

Sie führen Blum nicht mehr zur Psychologin. Schon seit zwei Tagen nicht mehr.
Statt dessen lässt ihn Dr. Zinn einige Male kommen.
Fragt immer wieder nach den weißen Mäusen und Fratzen, die Blum in seinen Alkoholräuschen in der Zeit vor der Tat gesehen haben will.
Nach jeder Antwort sieht ihn Dr. Zinn scharf an.

Die abschließende Exploration durch den Leiter des Landeskrankenhauses Professor Dr. Kies. Anwesend sind noch Frau Schuster und Obermedizinalrat Dr. Zinn.

Blum wird vermessen und gewogen.

Er muss sich nackt ausziehen. Zinn macht Stielaugen, Kies Notizen. Frau Schuster kramt in der Handtasche, in einigem Abstand, im langen Rock.

Kies setzt sein Stethoskop an, horcht, beklopft und betastet ihn. Diktiert. Frau Schuster schreibt.

„24Jähriger Mann in kräftigem Allgemeinzustand, guter Ernährungs- und Kräftezustand, athletischer Körperbau, Haut und sichtbare Schleimhäute gut durchblutet, keine Dyspnoe, keine Ödeme, Kopfform quadratisch, niedrige Stirn, tiefer Haaransatz ...”

Blum wird rot und wirft einen bösen Seitenblick auf Kies.

„... Kopf: keinen Klopf- und Druckschmerz, Nervenaustrittspunkte, Nasennebenhöhlen frei, Pupillen seitengleich, rund, reagieren prompt auf Licht und Konvergenz...” Greift ihm in die Kiemen und biegt den Unterkiefer ab.

„Gebiss gut. Machen Sie aaaaa.”

„ Aaaa.”

„Nein, aaaaa.”

„Aaaaa.”

„Da ist noch die Sache mit den Fratzen und grauen Mäusen”, sagt Professor Kies.

„Sie behaupten also, Sie hätten sie im Alkoholdelirium gesehen. Bleiben Sie dabei?” „Ja.”

„Also gut”, sagt Professor Kies, „das ist eine schwerwiegende Sache. In dem Fall werden wir Sie hier in die Anstalt einweisen."

„Für wie lange?"

An seinem rechten Augenlid zuckt ständig ein Nerv.
Mehrmals reibt er mit der Hand über das rechte Auge.

„Das kann man so nicht sagen. Vielleicht sechs Jahre
oder acht, zwölf, man kann es wirklich schlecht sagen."

„Wie, zwölf?"

Blum ist aufgesprungen und starrt Professor Kies an.

„Ja, schon."

Zum ersten Mal mischt sich Zinn ein.

„Es sei denn, nicht wahr, er würde die Aussage hinsichtlich der Fratzen und Mäuse zurücknehmen und
zugeben, dass er alles erfunden hat. In dem Fall bestände wohl keine Veranlassung zu einer Einweisung."

Blum wischt sich über die Stirn, reibt die Hände aneinander, wischt sie an der Hose ab. Sie sehen ihn
wartend an. Keiner sagt ein Wort. Später sagt der
Josef, der Zitterer: "Sie hätten dich gar nicht einweisen können, jedenfalls nicht so einfach. Ein Trick,
und du bist drauf reingefallen."

Nach fünf Wochen zurück ins Untersuchungsgefängnis.

Auf der Kammer der Pfleger mit der Brille,

„Wir wünschen Ihnen alles Gute. Und nichts für

ungut."

Schon an der Tür, erreicht ihn die Stimme des Pflegers noch einmal.

„Zu wie viel Jahren wird Sie das Gericht verdonnern?"

Blum bleibt stehen und starrt ihn an.

Zuchthaus

Gestern Nachmittag war er in Hannover angekommen. Riesiger Betonkomplex in der Schulenburger Landstraße. Zentraler Umschlagplatz für Transporte aus dem Norden, Süden und Westen. U-Gefangene, G-Gefangene und Z.

Er war der einzige mit der Bestimmung Zuchthaus Graeven.

Vortreten. Einzelzelle gegenüber dem Bau der Stationären. Von Fenster zu Fenster Schreien und Nachrichten und Pendeln. Prozessberichte und Schicksale. Er kam aus der Isolierung, anderthalb Jahre, kannte niemanden. Nur die aus dem Lazarett, und von denen war nichts zu sehen. Adolf, der Schläfer, oder Lucki, der Liebesloddel. Den ganzen Nachmittag und Abend stand er am Fenster. Bis das letzte Stück des eiergelben Sonnenuntergangs verlöscht war.

Er erinnerte sich, dass er schon einmal in derselben Zelle übernachtet hatte. Es war im Winter, auf dem Rücktransport vom Lazarett. Er hatte am Fenster gestanden und in den Schneematsch zwischen den beiden Blöcken gestiert.

Heute Regen. Die ganze Fahrt bis Graeven. Das

Zuchthaustor hat sich hinter dem schweren Transporter geschlossen. Vor dem Bus patrouilliert ein Beamter mit Regencape; an der Seite ein Schnellfeuergewehr. Sie stehen schon fünf Minuten mit laufendem Motor. Stimmen. Schritte. Blums Kabine wird aufgeschlossen. „Endstation Sehnsucht."

Die Hände vor sich in Handschellen klettert Blum aus dem Wagen.

„Name, Vorname?"

„Blum, Franz."

Der Hauptverwalter nickt. Macht einen Haken neben eine Bucheintragung. Blättert. Wischt Krümel von einer Seite.

„Das wievielte Mal?"

„Wie?"

„Wie viel Mal vorbestraft?"

„Keinmal."

Draußen heult der Transporter im Rückwärtsgang.

„Erzähl nichts. Wir haben deine Akte."

„Wirklich, das erste Mal."

„Wir werden sehen."

Zeigt auf die Tür. Der Weg durch Gittertüren, Gänge, Zwischenhof, Halle, Gänge, Innenhof, Zellenbau. Unterster Zellengang. 16.

Es ist Stille. Und Dunkelheit. Der Raum ist zwei mal vier. Blum stößt sich das Schienbein, stolpert, stürzt. Bleibt liegen.

Von der Glocke erwacht er, über sich die nackte
Glühbirne. Er reißt sich die Krawatte auf. Staub auf
der Zunge, röchelt und hustet. Sein Arm ist taub und
prickelt, seine Augen brennen. Er fasst ins Gesicht
mit schmutzigen Fingernägeln und spürt die entzündeten Stellen. Die Eichentür wird aufgerissen.
„Los, kübeln!"
Blum rafft sich auf, zieht Jacke und Hemd aus, gießt
Wasser in die Schüssel. Das Wasser riecht muffig,
lauwarm und abgestanden. Er wirft es sich ins Ge-
sicht und unter die Achseln. Bei den Bewegungen
stößt er mit dem Hintern gegen die Wand, erschrickt
und schlägt mit der Stirn gegen die Heizungsrippen.
„Nicht kübeln?"
„Nein."
Die Kleiderkammer liegt über der Wäscherei im
zweiten Außenhof. Niedrig, fast stößt er mit dem
Kopf an. Heiße Dämpfe von der Wäscherei.
Blum muss seine Sachen auf dem Ladentisch aus-
breiten. Der oberste Kammerkalfaktor registriert.
„Was kann ich mitnehmen?" fragt Blum.
„Bleibt alles da. Von hier nimmst du nur deine Strafe
mit."
„So viel?"
Bender, der Kalfaktor, legt den Federhalter weg. Er
ist fünfzig, dünn und ausgemergelt. Schmale Lippen,
graue Haut.
„Viel! Ihr kommt hierher, stellt euch fett vor mich

hin und sagt viel. Seid noch gar nicht da und schon ist alles zu viel. Sechzehn Jahre höre ich mir diesen Spruch schon an. Verstehste, sechzehn Jahre! Los! Ausziehen! Da in der Kabine! Nackt! Bis auf den Arsch!"

Blum nackt hinter dem Vorhang. Er wirft seine Sachen raus.

Der Kammerbeamte steckt den Kopf rein.

„Arme heben! Umdrehen. Bücken!"

Blum bückt sich tief.

„Andersrum! Oder will der mir ins Bein beißen?"

Blum dreht sich andersrum. Der Kammerbeamte packt seinen Arsch und reißt die Backen auseinander.

„In Ordnung."

Er wirft ihm eine dreiviertellange, schlabbrige Hose rein. An den Beinen in Höhe der Waden hat sie seitlich weiße Bänder, oben einen Wäscheknopf. Der Stall steht offen. Der Schwanz fällt raus.

Blum packt ihn rein, hält zu, tritt raus, steht da, barfuß.

Der zweite Kammerkalfaktor zeigt auf Blums Hand am Hosenschlitz.

„Kucke, er wichst schon. Der Herr Oberverwalter Fink hat ihm zu tief in die Rosette gefasst."

Lachen.

„Hören Sie, Lohmann, ich will diese Reden hier nicht haben."

„Hört hört!"

Zwei braune Anzüge im Drillichschnitt, einer für sonntags. Ein paar Knobelbecher. Ein graues Hemd mit der Nummer. Ein Geschirrtuch, ein dünnes, hartes Handtuch, zwei Näpfe, Teller und Büchse, Messer, Gabel, Löffel. Dann noch Bettzeug, zwei Wolldecken, ein Wintermantel, ein Paar Fäustlinge, ein Panndeckel. Das eigene Waschzeug wird zurückgegeben.

„Empfang quittieren. Für Verlust und Beschädigung wird gehaftet."

„Kann ich von meinen Sachen nicht ein Buch haben?„

„Wir haben sehr schöne Anstaltsbücher. Extra für euch."

Hauptwachtmeister Kopf schließt Blum wieder in die Zelle. Bevor er geht, prüft er mit den Schlüsseln die Gitterstäbe.

„Könnte ich nicht was zu lesen haben?"

Der Beamte, klein, untersetzt, mit einem riesigen Kopf, dreht sich langsam zu Blum um und betrachtet ihn. Dann geht er zur Tür und nimmt ein grünes Heft vom Nagel.

„Hier, lesen Sie."

Blum ist verwirrt.

„Los, lesen Sie vor!"

Zögernd liest Blum vor.

„Der Gefangene hat den Anstaltsbediensteten mit Achtung zu begegnen, ihre Anordnungen zu befolgen, auch wenn man sich durch sie beschwert fühlt. Der Gefangene darf mit einem Bediensteten nur sprechen, wenn der Gefangene dazu aufgefordert wird. Der Gefangene hat die Bediensteten zu grüßen. Männliche Gefangene nehmen dabei die Kopfbedeckung ab.

Betritt ein Bediensteter den Haftraum, so hat der Gefangene seine Beschäftigung zu unterbrechen, sich zu erheben und eine ordentliche Haltung anzunehmen.

Der Gefangene darf sich nicht unbefugt am Fenster aufhalten. Jeder nicht ausdrücklich erlaubte Verkehr der Gefangenen untereinander ist verboten. Gefangene dürfen untereinander keine Geschäfte abschließen. Hierunter fällt auch das Geben und Empfangen von Geschenken."

Blum blickt auf. Die Zellentür ist von außen ins Schloss gefallen. Vier Tage vergehen. Niemand kommt. Nichts geschieht. Keine Freistunde.

„Du wartest auf Zugangsbesprechung", sagt ihm der Kalfaktor durch die Türritze.

„Wann, mein Gott?"

„Bin ich Jesus?"

Zugangsbesprechung. Von zwei Beamten flankiert im Sonntagsanzug zum Direktionsflügel. Auf die kleine Matte treten, sechs Meter ab vom Konferenztisch. In der Mitte der Direktor, links und rechts der Assessor und der Sicherheitsinspektor. Dann abwärts bis zum Hauptverwalter, dem höchsten in Grün. Grün und braun erkennt sich, doch grüßt sich nicht. Statt dessen grüßt Blum zum Konferenztisch. Der bleibt regungslos. Elf Konferenzteilnehmer mustern ihn. Blum tritt unruhig hin und her.

"Bleiben Sie dort auf der Matte stehen", sagt der Direktor.

Blum steht still.

„Wenn Sie mich verstanden haben, sagen Sie jawoll."

„Jawoll."

„Also, Sie sind Blum, Franz."

„Jawoll."

„Erstbestraft."

„Jawoll."

Er blättert in der Akte.

„Schwerer Bankraub. Sagen Sie, wie sind Sie dazu gekommen?"

„Jawoll."

Blums Ohren sausen.

„Ich meinte, wie Sie zu einer solchen Tat kamen?"

„Mit dem Auto."

„Sagen Sie, wollen Sie mich hier verscheißern?!"

„Wieso?"

„Der Neuzugang ist renitent", wirft Hauptverwalter Engelweich vom Tischende ein.

„Er ist nervös", sagt der Anstaltspfarrer.

„Wir haben es hier mit einer besonderen Art von Leuten zu tun. Nicht selten Querulanten. Hallen Sie sich weg von diesen schlechten Einflüssen. Seien Sie für sich, seien Sie ordentlich, fleißig, sauber und erfüllen Sie in dieser besonderen Gemeinschaft Ihre Pflichten, dann werden wir gut miteinander auskommen. Sie finden eine Hausordnung auf jeder Zelle, doch wenn ich das mal in meinen Worten zusammenfassen darf: Sie haben hier 99 Pflichten und ein Recht – das Recht, diese Pflichten zu erfüllen! Noch Fragen?*

„Wo soll er zur Arbeit eingeteilt werden?"

„Er war anderthalb Jahre in U-Haft alleine. Wir sollten ihm daher entgegenkommen und ihn von der Zellenarbeit entbinden. Haben Sie etwas gelernt?"

„Schreibmaschine und Steno. Ich kann englische und französische Übersetzungen machen. Und einfache Buchhaltung."

Der Direktor lächelt.

„Nein, nein, da ist ja nicht dran zu denken. Sind Sie handwerklich begabt?"

„Ich glaube."

„Wie wär's dann mit dem Handschuhsaal", wendet er sich an den Arbeitsinspektor.

„Etwas schlecht im Moment. Aber Matten. Er ist doch kräftig."

„Matten. Da kommt er wohl nicht in die richtigen Hände. Merken Sie ihn mal vor für Handschuhe. Noch Fragen zur Verlegung?"

„Ich meine Westflügel. Koje. Unten."

„Gut. Da sind Sie allein. Sehr angenehm. Bringen Sie
ihn zurück, Bethke."

Niemand nimmt Notiz von ihm. In der Riesenma-
schine von 1000 Gefangenen ist er vergessen. Doch
die Zugangskonferenz hat ihn zur Freistunde freige-
geben.
Die Zellentür schwingt auf. Vorsichtiger Blick links
und rechts den Zellengang entlang. Nur drei Gefangene. Mürrisch schlurfen sie zum Treppenhaus und
von da aus ins Freie, draußen Sonne. Blum kneift
geblendet die Augen zusammen.
Der Weg ist mit Steinplatten belegt, außen der große
Kreis, innen der kleine. Die Gefangenen gehen auf
beiden Wegen in gegenläufiger Richtung. Es sind
Alte, Humpelnde und Kranke. Sie haben Arm oder
Kopf bandagiert. Sie husten. Bleiben stehen und rö-
cheln. Einige an Stock oder Krücken. Ein alter Mann
hackt und wühlt in den Blumenbeeten am Rande.
Hauptwachtmeister Kopf vom Westflügel] unterhält
sich mit einem 30jährigen Gefangenen. Er ist gebückt, Schultern hochgeschoben, weil er in Krücken
hängt. Blum sieht ihn lachen. Dann schleppt er sich
an seinen Armstelzen weiter. Das rechte Bein zieht er
nach.
Aus dem Arbeitsbau dringt das Dröhnen der Ma-
schinen.
Kurz vor Ende der Freistunde wird eine Pforte vom

Arbeitshaus, in dem die Betriebe liegen, geöffnet. In den Gitterbau davor strömen Gefangene. Lautes Reden und Schreien. Der Beamte arbeitet sich nach vorne und schließt die Gittertür auf.

„Einrücken!" schreit der Beamte am Ostflügel.

Blum geht weiter. Die Neuen sind meist jüngere Burschen. Sie gehen zu zweit, reden und gestikulieren. Blum erkennt Bielich, den Studenten aus der U-Haft, der zwölf Jahre hat. Blum überholt die anderen und tritt neben ihn.

„Hallo."

„Ach du."

„Der Typ auf der Kammer hat mir in den Arsch gekuckt und all meine Sachen weggenommen."

Bielich lächelt.

„Hausvater nennen sie den."

„Hausvater heißt hier wohl, was Hausdieb ist."

„So ungefähr."

„Und du?"

„Ich liege im Westflügel. Koje 12. Arbeite in den Handschuhen."

„Wie ist das?"

„Was fragst du. Ist doch alles gleich."

Bielich ist noch ausgemergelter als vorher. Hinter den Brillengläsern liegen die dunklen Augen tief in den Höhlen. Er blickt geradeaus, nicht mal zur Begrüßung hat er den Kopf gewandt.

„Was waren das hier für Krüppel in der Freistunde?

Ich denke, im Zuchthaus sind schwere Verbrecher."

„Was ist denn das, ein schwerer Verbrecher? Ist das der kleine Einbrecher, der nach dem fünften Rückfall zu Zuchthaus verurteilt wird? Oder der Jugenderzieher, der es mal mit einem seiner Zöglinge getrieben hat? Oder der Arbeiter, der in Wut seine Frau erschlägt? Oder der Junge, der seinen Misserfolg bei Mädchen mit einem Bankraub wettmachen will? Oder der Regierungsrat, der als Spion seine Börse aufbessern möchte? Mafia, Berufskiller, Posträuber gibt es hier nicht."

„He Sie, wohin gehören Sie?" brüllt der Beamte.

„Ostflügel."

„Aber dalli!"

Blum nickt Bielich zu.

Die Zellentür kracht, er setzt sich auf die Pritsche und glotzt gegen die Wand.

Blum wird auf den Westflügel verlegt. I. Zellengang. Koje 11, neben Bielich.

Zwei mal vier Meter. Steinfußboden, schwarz gebohnert. Bett aus Brettern, Kübel, Waschschüssel, Wasserkanne, Nachtschränkchen, Hausordnung. Das Schränkchen wackelt.

Zu seiner Koje gehört das halbe Fenster. Die andere Hälfte gehört zu Nummer 10. Der heißt Lühr.

Er ist älter als Blum, das hört man an seiner Stimme. Er spricht aus dem Fenster, und Blum antwortet aus dem Fenster. Sie können sich nicht sehen, aber hören können sie sich, als wären sie im gleichen Raum. Lühr arbeitet in der Gartenkolonne. Manchmal reicht er Blum einen Apfel rüber. Wenn Blum ihn nimmt, weiß Lühr, dass er am Fenster ist, dann beginnt er zu erzählen, immer wieder die Geschichte seiner Verurteilung. Er hat sechs Jahre Zuchthaus wegen Unzucht mit Abhängigen. Er soll es mit seiner Tochter gemacht haben.

„Das ist eine infame Lüge", sagt er. Manchmal schreit er es. Dann ruft jemand vom II. Zellengang, Schnauze da unten! Seine Frau, so behauptet er, hat ihn dieser Tat bezichtigt, um sich von ihm scheiden zu lassen und seinen Besitz, eine Dorfkneipe, an sich zu bringen. Er will ihr einen Strich durch die Rechnung machen. Er schreibt an Gerichte, an Finanzämter, an das Grundbuchamt, an Rechtsausschüsse. Außerdem kämpft er um eine Wiederaufnahme des Verfahrens. Er ist erfreut, als er hört, dass Blum von Jura etwas Ahnung hat. Er soll ihm helfen, eine Beschwerde gegen die Staatsanwaltschaft zu begründen. „Auch der Polizist im Dorf! Das Schwein hat behauptet, er hätte als Gast in meiner Kneipe gesehen, wie ich Zärtlichkeiten mit meiner Tochter ausgetauscht hätte. Der Lump hat oft genug umsonst gefressen und gesoffen bei mir und hatte was mit meiner Frau."

Er gibt Blum die Akte. Blum erklärt ihm, dass die Beweise nicht ausreichen.

„Blödsinn. Ich sage dir doch, dass die gelogen haben. Du sollst nur schreiben. Das kannst du doch, oder?"

Blum schreibt und Lühr gibt ihm abends drei Äpfel. Und Tomaten. Auch die Suppe, die er als Gartenarbeiter zusätzlich kriegt. Von den vier Scheiben Brot und dem Klümpchen Margarine und abends dem Zipfel Wurst wird Blum nicht satt.

„Wenn man mit jemand reden kann, is schon was", sagt Lühr. Da der Fenstersims schräg und zwei Meter dick ist, hängt Blum wie in einem Raucherschacht. Die Hände in die Gitter gekrallt, mit Fuß und Knie sich auf Bett und Schränkchen abstützend. Diese Anstrengung zwei Stunden jeden Abend für drei Äpfel oder zwei Tomaten.

„Noch keine Arbeit?" fragt Lühr.

„Nein."

„Wirste nich verrückt in dem engen Loch den ganzen Tag?"

Blum ist schlecht von der Julihitze und dem Gerede Lührs. Er hat Kopfschmerzen. Er schlägt gegen den Hebel, der draußen eine rote Klappe fallen lässt.

Er wartet auf den Beamten. Er will Tabletten.

Er setzt sich auf das Bett und reibt sich Nacken und Stirn. Er geht die zwei Schritte vor dem Bett hin und her. Er schlägt mit der Faust auf das Schränkchen. Dann gegen die Wand. Er redet schnell. Sein Reden wird lauter. Er schreit.

Der Beamte Kopf steht, über das Geländer gelehnt,

einen Stock höher. Er hat Zeit. Er weiß aus Erfahrung, dass nichts hier eilt. Hier nicht. Fünf Jahre haben die wenigsten.

Blum presst die Handballen gegen die Schläfen. Der Schweiß rinnt ihm an den Rippen runter. Er reißt sich das Hemd vom Leib. Wickelt es sich um den Kopf. Sinkt aufs Bett, schwer atmend und erschöpft. Nach einer halben Stunde wird die Zelle aufgeschlossen. „Was ist hier los?"

„Ich brauch zwei Kopfschmerztabletten."

„Wenn der Sani kommt."

„Wann?"

„Meld es bei der Essensausgabe."

Abends verpasst er den Beamten. Die Tür ist schon zu. Er wälzt sich auf der Pritsche.

Abends Lührs Hand am Fenster.

„Ich will keine Äpfel", sagt Blum.

„Quatsch. Hier nimm!"

„Du kannst mich am Arsch lecken! Erzähl deine Geschichten woanders!"

„Na so was!"

Buffe ist wegen Beteiligung an vier Einbrüchen in Spirituosengroßhandlungen als Rückfalltäter zu acht Jahren Z. verurteilt worden.

„Na wennschon", sagt er, brennt seinen Zigarrenstumpen neu an, spuckt Tabak aus, „ich kenn den Puff hier."

Er weiß, wie es läuft und ist schon nach kurzer Zeit Kalfaktor auf West geworden.

Er steht in Blums offener Zellentür und grinst.

„Ah, sieh an!" sagt er. „Kenn dich doch aus'm Lazarett."

Blum sitzt mit angezogenen Knien auf der Pritsche und starrt Buffe misstrauisch an.

„Man trifft sich immer wieder in dieser Welt. Bin 'n Monat vor dir gekommen."

„So?"

„Ja, so. Bin Kalfaktor hier. Kannst beim Putzen helfen. Is gut für dich, glaub's mir."

„Wieso?"

„Kommst mal aus der Zelle."

„Für ein paar Minuten."

Buffe grinst.

„Ja, Zahlung gib's nich. Aber Pluspunkte."

„Pluspunkte?"

Buffe nickt.

„Gutes Verhalten kommt in die Akte. Willst doch Bewährung."

Lauernd: „Oder?"

Blum ist plötzlich sehr interessiert.

„Wie Pluspunkte?"

„Wenn einer 'ne Arbeit für die Gemeinschaft leistet, ohne was dafür zu kriegen, dann bemüht er sich doch, ein besserer Mensch zu werden und seine Tat zu bereuen. Oder?"

Buffe sieht Blum gespannt abwartend an. Blum nickt. Buffe geht lächelnd aus der Zelle.

„Morgen früh fängste an."

Vor dem Frühstück stellen sie ihre Kannen vor die Zellen. Blum sammelt sie ein und bringt sie ins Treppenhaus zum Spülbecken. Wondratscheck lässt sie volllaufen. Sie werden wieder vor die Zellen gestellt. Danach der Ruf „Kübeln", das Einsammeln der Scheißkübel. Wondratscheck kippt aus, füllt Desinfektionsmittel nach, Blum trägt sie wieder zurück. Bielich und Manfred helfen.

Wenn sie nicht schnell genug sind, stehen schon die Essensausteiler da und warten. Der Beamte treibt sie an, alles im Dauerlauf.

In dieser Zeit sind die Zellen aufgeschlossen, damit die Gefangenen die Kannen und Kübel rausgeben und reinnehmen können. Sie laufen auf dem Gang herum, von Zelle zu Zelle, führen kurze Gespräche und wickeln ihre Geschäfte ab.

„Dass die da rumrennen ist verboten", sagt Wondratscheck. „Die müssen in ihren Zellen bleiben."

Blum schwitzt. Er kann nirgends zuhören, kein einziges Wort mit Bielich wechseln.

Er sieht zum ersten Mal die Leute auf seinem Zellengang und versucht sich die Typen einzuprägen. Manche nehmen ihm die Kanne ab, finster und brummend. Einige fluchen, wenn sie nicht voll genug ist. Blum rennt, schweigt und schwitzt.

In den Zellen gegenüber liegen Marie und Kuul.

Marie ist 23, hellblondes, strähniges Haar, zierliches Gesicht, schmale Schultern und schmale Hüften. Kuul ist schwarzhaarig, groß, sehnige Figur, brutales Gesicht. Immer finster. Auf seiner Brust ist ein fletschender Tigerkopf eintätowiert.

„Was schleppst du die Scheiße für andere", sagt Lühr. „Bist schön blöd. Schleppst die Scheiße und musst dich noch anpöbeln lassen und krist vielleicht noch was auf die Fresse. Nimm dich vor dem Kuul in acht."

„Warum?"

„Das ist der Kerl von Marie. Ein übler Schläger. Eifersüchtig wie ein Weib. Hat zwölf Jahre wegen Totschlag. Is einmal mit einem Zigeuner zusammen ausgebrochen. Von dem haben sie nie wieder was gesehen. Er soll ihn ermordet haben. Aber sie können ihm das nicht nachweisen."

Kuul steht morgens und abends vor der Zelle und guckt. Er beobachtet Marie, wie er herumläuft, Kontakte pflegt, hierhin und dahin rennt. Klatschsüchtig, laut und hysterisch steckt er seine Nase in alles.

„Du bist ja ein toller Träger", sagt er zu Blum. Neuerdings beachtet er ihn, verfolgt seine Bewegungen, wie er die Kannen hebt, absetzt und sich den Weg durch die Gefangenen bahnt. Als Blum ihm die Kanne bringt, sagt er:

„Ich würde so eine erniedrigende Arbeit ja nicht machen. Lass die doch ihre Scheißhaufen selbst tragen."

In einer Verschnaufpause sagt Blum zu Bielich: „Ich glaube, wir machen einen Fehler. Die halten uns für irre, dass wir helfen. Die Kannenträger werden ja nicht bezahlt."

Bielich sieht Blum nachdenklich an. „Dann lass es sein."

„Und du?"

„Ist egal, was ich mache. Ich kann mich auch aufhängen. Ich habe zwölf Jahre, und anschließend stecken sie mich in eine Heilanstalt, falls du das vergessen hast."

Bielich schnürt seine Stiefel nicht zu. Er putzt seine Koje nur so viel, dass er nicht mit einer Hausstrafe rechnen muss. Er kämmt sich nicht, wäscht sich kaum. Er knöpft das Hemd nicht zu. Er arbeitet nicht mehr, als unbedingt von ihm verlangt wird. Von dem, was er verdient, macht er keine Einkäufe. Man kann jede Woche ein Buch ausleihen. Bielich hat es nach einem Tag durch. Das Büchertauschen untereinander ist verboten. Bielich tauscht nicht. Er leiht sich die Bücher nach dem ABC aus.

Wondratschcck ist Bauer. Er hat einen kleinen Hof von seinem Vater geerbt. Der Kampf um die Erhaltung des Hofes war hart. Dieser Kampf hat Wondratscheck eine endlose Kette von Verurteilungen wegen Beleidigung, Verleumdung, Widerstand gegen die Staatsgewalt und Betrug zum Nachteil des Staates oder seiner verschiedenen Ämter eingebracht. Seine Zelle ist voll mit Gesetzbüchern und Akten. Blum steht voll Staunen in der halbgeöffneten Tür.

Wondratscheck – es ist Sonnabend – putzt den Staub von den Bänden. Als er Blum bemerkt, springt er auf die Tür zu, schubst Blum weg und zieht die Tür ran.

Hart arbeitend kippt Wondratschcck Scheiße. Den Rücken gebeugt, Kopf im Gestank. Er treibt an. Muffig und aggressiv fordert er mehr Eile.

„Los, hau ran! Ihr balanciert die Kübel nicht zur Er-holung!"

Blum wird blass.

„Du siehst doch, wie schlecht wir da durchkom-men."

Dann jag die in die Zellen."

„Mach das doch selber."

„Los, los! Nich rumquatschen hier! Unterhalten könnt ihr euch später!" brüllt der Beamte. Blum fährt herum.

„Ich kann mich nicht später unterhalten. Ich sitz nämlich den ganzen Tag in der Koje."

„Also wollen Sie nun weitermachen oder soll ich Sie einschließen?" Blum schluckt und rennt los.

Jemand rempelt ihn an. Lässt ihn mit den vollen Kannen hart auf die Schulter auflaufen.

Blum bleibt stehen. Setzt die Kannen ab. Starrt dem anderen ins Gesicht. Blum hat es sich hundertmal vorgestellt. Wut und Angst. Nicht nur die Angst vor den Schlägen ins Gesicht. Auch die, nicht vorzeitig entlassen zu werden. Es ist die große Angst, nie wieder rauszukommen. Es ist die große Angst der Lebenslänglichen, nie begnadigt zu werden. Das einzige Mittel dagegen: Nacken krümmen, Fresse in den Dreck, um vielleicht diese Jahre hinter Mauern um ein halbes Jahr abzukürzen.

Blum nimmt die Kannen und geht weiter. Den ganzen Tag isst er nichts. Abends reicht er das Brot Lühr aus dem Fenster.

„Hau ihnen doch die Kübel vor die Füße", sagt Lühr.

Am nächsten Morgen das gleiche.

"Wenn ihr das nicht schafft", schreit Wondratscheck, „bringt die Leute in die Zellen und riegelt ab."

„Das ist doch Sache des Beamten", sagt Blum.

„Und du bist hier doch der Oberscheißer, du könntest das doch erst recht machen."

„Oberscheißer?" Wondratscheck richtet sich auf mit hochrotem Kopf und stürzt sich auf Blum.

Blum weicht zurück und stolpert dabei über einen Kübel. Der Schlag erwischt ihn noch an der Schulter. Er fallt, volle und leere Nachttöpfe kippen um. Blum liegt zwischen der ganzen Scheiße und Pisse, die Augen geschlossen. Als er die Augen wieder aufmacht, ist im dämmrigen Licht des Treppenhauses Wondratschecks gerötete Kohlrübe über ihm.

Blum fasst überall in glitschig Weiches, rutscht immer wieder drin aus.

Der Beamte kommt und bringt Blum in seine Zelle.

Blum nimmt kein Essen entgegen. Er hockt im Schneidersitz auf der Pritsche. Kopf zwischen den Fäusten.

Als er am nächsten Tag Marie die Kanne vor die Tür stellt, lächelt der. „Ich würd mir das nicht gefallen lassen. Dieses fette Schwein hat schon lange was verdient."

Blum, gebückt, sieht hoch zu ihm.

„Komm, ich zeig dir was", sagt Marie.

Maries Zelle ist blitzsauber. Es ist die einzige Gemeinschaftszelle auf dem Gang: Marie, Kuul und Zick Zack. Auf dem Schränkchen im Rahmen ein Frauenbrustbild.

„Meine Mutter."

Blum sieht sich um.

Drei bestickte Zierkissen auf der Pritsche. Zwei geschnitzte Kraniche aus Holz an der Wand. Der schmale Streifen vor dem Bett ist mit einem Kokosläufer ausgelegt.

„Brauchst keine Angst zu haben. Kuul und Zick Zack sind beim Sani."

Marie langt von dem Bücherbrett ein Fläschchen und schraubt es auf.

„Riech mal."

Ein feiner süßlicher Duft steigt Blum in die Nase.

„Chanel."

Maries blaue große Augen, erwartungsvoll lockend auf Blum gerichtet. Er benetzt seine Fingerspitzen und tupft Blum hinter beide Ohren. Benetzt die Fingerspitzen noch mal und streicht langsam und sachte mit der Kuppe des Zeigefingers Blums Hals hinunter bis zum Schlüsselbein, dort den Handrücken anhebend und mit dem Fingernagel in Blums Haut schneidend. Blum wird rot. In seiner Hose zuckt es. Dann deutet er auf Blums goldene Halskette, sein einziges Andenken an Gerta, von der er seit seiner Verhaftung fast jede Nacht träumt.

„Schenk mir deine Kette."

Blum schüttelt den Kopf.

„Ich geb dir dafür das Chanel."

Blum weicht zurück.

„Nach dem Einkauf krist du noch 'ne zweite Flasche."

Blum geht rückwärts aus der Zelle. Plötzlich ist neben ihm ein Schatten. Fin Faustschlag trifft ihn aufs Ohr. Er taumelt, stürzt, ist gleich wieder auf den Beinen, flieht in seine Zelle.

„Marie, du Lackarsch, was sucht dieser Eierwichser in unserer Zelle", dröhnt Kuuls Stimme über den Gang. „Pass auf, dass ich den nicht unter die Erde bringe!"

Blum wirft sich auf seine Pritsche.

Die Freistunden geht Blum alleine. Da er nicht arbeitet, geht er zusammen mit den Kranken und Krüppeln vom Revier. Nur sonntags nicht. Da geht er mit allen anderen aus dem Westflügel. Heute ist Sonntag. Der Hof ist voll.

In der Ecke von Ostflügel und Arbeitsbau ein ziemlicher Auflauf. Schreien, Rufe, ein Pfiff. Zwei Beamte laufen los. Wenig später kommen die beiden Kalfaktoren aus dem Lazarett in blau-weiß gestreiften Jacken mit einer Bahre. Blum reckt den Hals.

„Ruhe! Weitergehen!" schreit ein Beamter.

Ochse Ruhl tritt neben Blum. Blum wird bleich.

„Was war da los", fragt er stockend.

„Der Hausreiniger von Ost. Sie tragen ihn ins Revier. War schon lange fällig, das Schwein. Soll die Leute verzinkt haben."

„Wer hat es getan?"

„Weiß ich?"

Ochse Ruhl sieht Blum scharf an.

„Wir werden auf West jetzt neuerdings beim Kübeln immer eingeriegelt. Wenn ich den schnappe, der uns das eingebrockt hat, gibt's auf die Fresse."

Sie gehen schweigend nebeneinander.

„Ich mach da kein Federlesen. Wenn ich hinlange, da steht keiner so schnell wieder auf."

Schweigend im Kreis.

„Interessiert dich wohl nich, wie?"

„Doch."

„Hab vier Jahre wegen Totschlag. Inner Kneipe. Hab

ihm einen Handkantenschlag verpasst. Die Sau war sofort weg."

„Handkantenschlag?"

„Sowieso. Bin Schlachter. Hab früher Rinder mit einem Handkantenschlag in die Knie gebracht. Im Akkord."

Blum schluckt und zwingt sich, ruhig weiterzugehen.

Nach der Freistunde wieder rein in die Kojen. Um 10 Uhr 30 Buffes Stimme.

„Kirchgänger Klappe werfen!"

Blum geht zur Kirche.

„Dass sich das Evangelium in der äußersten Stunde bewährt, dafür ist das Kreuz Christi selbst Zeuge", sagt der Pfarrer. „Volle Sinngebung verspricht es, indem es die irdische Zeit als bloßen Durchgang auf das ewige Leben hin zeigt. Es zeigt, dass einer auch einsam in einem Kerker bis zum letzten Atemzug Kraft erhalten kann, Gott zu loben. Jeder findet darin einen unverlierbaren Sinn seiner Minuten und Stunden."

Als ein schmächtiger Gefangener in der Reihe vor Blum einen Porno tauschen will und von zwei Beamten aus dem Kirchenraum gestoßen wird, verliert er sein Gebiss.

„Vergeb ihm Gott," sagt der Pfarrer.

Die Wolken über dem Innenhof sind das einzige

Stück Außenwelt. Blum beobachtet, wie sie dahin-
treiben. Jemand stellt ihm ein Bein. Blum klatscht in
eine Pfütze. Irgendeiner murmelt Entschuldigung.

Ihn winkt ein alter Mann heran, der mit dem Rücken
gegen die Mauer und mit dem rechten Arm auf eine
Krücke gestützt steht. Blum klopft die Hosen ab.
Der Alte fasst in die Tasche. Er verbirgt etwas in der
Hand. Steckt es Blum in die Jacke. Blum fühlt. Ein
Apfel.

„Ich habe dich gestern in der Kirche gesehen. Du
bist neu hier, nicht wahr?"

„Ja."

„Komm, stütz mich ein wenig, damit ich ein paar
Schritte gehen kann."

Manchmal muss Blum anhalten. Dann holt der Alte
erschöpft Luft.

„Wie sollen die andern uns lieben können, wenn wir
uns selbst nicht lieben."

Er röchelt und gibt Blum ein Zeichen, ihn weiterzu-
führen.

„Wir Sträflinge sind schlecht, gefährlich und verach-
tenswert. Ja, ja, so sagt man, und so ist es auch
wohl."

Er wendet sich Blum zu. Sein Gesicht ist verzerrt.
Die Haut schiebt sich wie gegerbtes Leder zusammen.

Der Alte bekommt plötzlich einen Schwächeanfall.
Blum hält ihn.

„Lass mich los", röchelt er.

Blum lässt ihn los. Er taumelt, knickt ein, fischt mit dem rechten Arm nach einem Halt.

Blum fasst seine Schultern. Der Alte lacht und erstickt dabei fast an einem Hustenanfall.

„Gefährlich! Siehst du?"

„Wie heißt du?"

„Ich bin Joscha, der Jude."

„Wie lange bist du hier?"

„25 Jahre hinter Mauern. Ich war vorher im KZ."

„Dann kennst du dich aus."

„Ja. Als Gefangener. Ein ganzes Leben lang Gefangener. Mich liebt keiner, und ich liebe niemand. Ich darf nichts schenken, nicht helfen, nicht die Geheimnisse anderer wahren. Erlaubt ist uns — äh — Verrat, Verleumdung und dass man sich selbst als Scheusal sieht."

„Ich verachte mich nicht."

Joscha mustert ihn.

„Was warst du draußen, damals?" fragt Blum.

„Gehilfe bei einem Goldschmied. Auch wieder, als ich aus dem KZ kam."

„Und dann?"

„Ich bekam keine Entschädigung. Aber es dauerte. Ich weiß nicht. Irgendwas mit den Unterlagen stimmte nicht. Jedenfalls lernte ich Hanna kennen. Sie arbeitete in einer Konservenfabrik. Wir wollten beide weg aus Deutschland. Ihre Eltern waren auch

im KZ umgekommen. Aber Geld, wir brauchten es,
um wegzukommen. Da hab ich beim Goldschmied
gestohlen. Er kam dazu, und da ist es passiert."
Langsam humpeln sie im Kreis.
„Lass mich hier in der Sonne. Geh du nur weiter."
Blum stellt ihn an die Wand.
„Hol dir morgen wieder einen Apfel. Du bist jung.
Du brauchst Vitamine."

Blum kommt nicht mehr in die Freistunde. Abends
teilt ihm nämlich der Beamte mit, dass er ab morgen
in den Handschuhen arbeitet. Nun geht er mit dem
Betrieb vormittags in den Hof.

Der Saal ist im ersten Stock des Werkhauses. Die
Nähmaschinen stehen in fünf Reihen hintereinander.
Neben jeder liegen große Berge von Lederhandschu-
hen. Am Kopf des Saals ist der Beamtenraum mit
Telefon und Guckfenster, daneben der Lagerraum,
dann zwei WCs und davor ein Spülbecken mit flie-
ßendem Wasser.
Die Gefangenen kommen von den verschiedenen
Zellengängen und -häusern. Wenn alle da und ge-
zählt sind, schließt der Beamte den Saal ab.
Bielich, lang, hager, über die Maschine gebeugt.
„Ist die Maschine hinter dir frei?" fragt ihn Blum.
„Frag Schölp. Das ist der Vorarbeiter. Ich bin Nä-
her."

Schölp stellt ihm die Maschine ein und erklärt. Der vorgestanzte Handschuhrücken und die Innenflächen werden aufeinandergelegt. Dazwischen, dort, wo der Saum läuft, wird ein schmaler Lederstreifen, ein Keder, eingelegt. Der Handschuh wird zusammengenäht.

Schölp macht es vor. Die Seiten und die fünf Finger laufen geschwind unter der Nadel durch.

„Versuch's mal."

Blum näht ganz langsam. Dann vorbei. Dann quer über die Finger. Die Nadel bricht ab.

„Punkt zwei. Ich zeig dir jetzt, wie eine neue Nadel eingelegt wird. Fang dann mit Fausthandschuhen an. Schön langsam. Übung ist alles. Wenn du 30 Paar fertig hast, hast du 60 Pfennig im Sack. Bei 20 Arbeitstagen macht das 12 Mark im Monat. Nach drei Monaten, wenn du 30 Mark Rücklage hast, die die Anstalt für dich zinslos verwaltet, kannst du dir einmal im Monat von den 12 Mark Tabak und Kaffee kaufen."

„Was sollen die 30 Mark Rücklage?"

„Für die Entlassung oder als Zuschuss für den Zahnarzt."

„30 Mark zur Entlassung?"

„Kannst mehr haben. Bei 30 Paar, also einem Pensum, kriegst du 60 Pfennig zum Einkauf. Weitere 30 Pfennig aber werden dir auf dein Rucklagenkonto geschrieben. Das sind dann nach 10 Jahren Knast

DM 730."

„Als ich kam, hat der Hauptverwalter gesagt, sie haben einen entlassen, der hat sich gleich einen Porsche vor die Tür bringen lassen. Er meinte, wer will, kann hier was werden."

„Ein Porsche aus Plastik. Ein Weltmeister im Arbeiten kann bis zu DM 70 im Monat haben. Der kommt, haut ran, holt mittags Luft, schlürft die Suppe, haut noch mal bis abends ran, isst drei Scheiben, trinkt Appeltee, macht danach Zellenarbeit bis nachts bei Kerze."

„Wo gibt's denn so was?"

„Im Knast."

„Zeig mal einen."

Er spuckt in den Staub und tippt mit dem Zeigefinger gegen die Brust.

„Bevor ich Vorarbeiter wurde. Hab geschrubbt wie'n Beknackter."

„Wozu?"

„Kaffee. Nescafé. Bin süchtig. Wenn ich's hätte, würde ich am Tag 100 g trinken."

„Und wenn du rauskommst?"

„Hier die Handschuhfirma will mich nehmen. Als Näher. Und später dann vielleicht als Vorarbeiter."

Blum näht. Abends hat er sechs Paar Handschuhe fertig. Zwölf Pfennig verdient. Sein Rücken schmerzt. Sein Mund ist trocken vom Staub im Saal. Er lehnt sich gegen die Zellentür. Sie warten, bis der

Beamte kommt und aufschließt.

Marie lächelt ihm zu. Neben ihm Kuul. Blum sieht schnell nach links zu Bielich. Er hat den Kopf gesenkt, starrt auf seine Stiefel. Gefangene gehen vorbei. Sie gehen zur Treppe, die zu den oberen Galerien führt. In Gruppen zu zweit. Alle tragen Einkaufstaschen aus Plastik, die im Knast hergestellt werden.

Marie tauscht mit den Vorbeigehenden Scherze, Sätze, Informationen. Ochse Ruhl bleibt vor ihm stehen.

„Na du Stier, wo biste jetzt?"

„Matten. Scheiß ich mich drauf aus. Bin Abgang. Noch achtzehn Monate."

Er ist groß, mit Stiernacken. Sein Kopf ist rot und dick. Wenn er spricht, dröhnt es und brüllt. Blum hat das Röhren und Fluchen oft gehört. Sowie die Zellen aufgeschlossen werden, setzt es ein. Manchmal schließt Blum die Augen und horcht. Seil dem Gespräch in der Freistunde neulich fühlt Blum sich von ihm bedroht.

„Achtzehn Monate?" Marie fasst ihm auf die Schulter und zieht ihn zu sich heran. Er flüstert ihm etwas ins Ohr. Das rechte Handgelenk des Ochsen ist bis zu den Fingerknöcheln in Leder. Er lacht dröhnend über Maries Zote und schlagt mit der rechten Faust gegen die Zellentür. Bis zu Blum sind es drei Schritte über den Zellengang. Blum weiß, dass der Ochse den Blick auf seinem Rücken spürt. Er weiß auch: Der Schlag galt nicht der Zellentür, sondern seiner, Blums Stirn. Ein gewaltiger Hieb. Blum spürt eine Schwäche im Magen und in den Knien. Er beugt sich zur Seite und erbricht sich.

Das Klima auf dem Arbeitssaal ist freundlich. Er kann sich mit jedem unterhalten. Nach und nach lernt er sie kennen. Sie kommen an seine Maschine, trinken seinen Kaffee, den er sich vom letzten Weihnachtsfest aufgespart hat, und erzählen ihm ihr Leben.

Birm ist der Lebhafteste, klein, mit einem mächtigen Schädel und großen Augen. Er hat seine Frau und seine zwei Kinder mit dem Messer erstochen. Als Blum zum Pissen geht, steht er plötzlich neben ihm und zupft ihn an der Jacke.

„Himmel", ruft er aus, „du gehst doch hoffentlich mit einem solchen Juwel nicht allein, ohne Schutz und Schirm, ja sogar ohne Hund umher?"

„Wie?"

„Er spricht von deinem Schwanz", sagt Riener.

„Oder seinem Arsch", sagt Zick Zack.

„Was wollt ihr? Es ist ein Triumph der menschlichen Vernunft, dass sie ein Loch auch da noch findet, wo jedes Schwein verzweifeln tät."

„Mir ist das egal", sagt Zick Zack. „Mich haben die

mit zwölf ins Heim gesteckt und anschließend in'n Jugendknast. Wenn ich draußen war, höchstens drei bis vier Tage, dann haben sie mich wieder geschnappt und mir noch 'n paar Jahre aufgebrummt. Immer der Schlag mit der großen Kelle. Alles für die Ausbrüche. Habe nie was anderes als Knast gesehen. Und Vernunft? Dass ich nich lache. Es gibt nur Maloche und abends auf Zelle Karten spielen, bis sie sie dir filzen, und kannst mal wichsen. Zelle und Arbeitssaal, fressen, wenn du das Zeuch noch verträgst, mal zocken, mal wichsen, mal 'ne Schlägerei. Mehr nicht. Dreizehn Jahre isses so gewesen. Kenn nix anderes. Glaub nix anderes. Wird so bleiben."

„Bleiben? Hast du Lebenslänglich?"

„Nö. Sechs. Ich kenn nich mal 'n Hundert-Mark-Schein. Hab keinen Schimmer, wie man telefoniert. Könnte mit knapper Müh über die Straße kommen. Und wenn ich das schaff, hat mich auf der andern Seite schon die Schmiere. Da ändert sich nix."

Blum ist blass geworden. Der dicke Rauch aus den Pfeifen in der winzigen Pissbude hüllt die vier ein. Die drei starren ihn wie aus Taucherglocken an.

„Was soll's", brummt Zick Zack und haut Birm mit der Pfeife auf den Kopf. Er zeigt auf den Schuh, von dem er die lose Sohle abbiegt.

„Mein Schuh, der Anstaltsleiter und ich finden sich damit ab."

Birm reibt sich wütend den Schädel. Er drängt sich

an den andern vorbei und zur Tür hinaus. Dort dreht er sich schnell um und spuckt Zick Zack an. Der Schlammer klatscht gegen Rieners Brille. Der springt hinter Birm her und tritt ihm in den Hintern, dass Birm hinfliegt und wie ein Frosch mit ausgestreckten vieren über den Boden rutscht.

„Ihr Deibel!" schreit er und zieht sich die Holzsplitter aus den Händen. „Ihr Deibel! Und Aas! Und Gesindel! Und Spitzbuben! Und Bienenwachs! Und Stecknadeln!"

„Hör mal", sagt Zick Zack zu Blum, „du musst dich vor ihnen in acht nehmen. Sie nutzen dich aus. Als Ohr. Und sie scheißen dich bei der Anstalt an." Er spuckt in den Staub. „Glaub einem alten Knacki: vertrau keinem hier!"

„Das ist schlimmer als Einsamkeit." Blum sagt es stockend.

„Hör auf mit diesen Wörtern. Die passen hier nich her. Jeder frisst seinen Dreck alleine."

„Und Birm?"

„Nimm dich in acht. Der is 'ne Tollkirsche. Das merkst du doch."

An diesem Abend schreibt Blum an Gerta. Blum hat ungeduldig auf seinen Fristbrief gewartet, den er alle vierzehn Tage schreiben darf.

Über dem Papier brütet er vor sich hin. Seine Schläfen pochen. Er hat immer noch den Blutgeschmack von der sauren Wurst auf der Zunge. Die andern haben sie aus dem Fenster geschmissen und mit den Blechnäpfen gegen die Türen geschlagen.

Als er den Kugelschreiber in die Hand nimmt, verlischt das Licht. 9 Uhr. Er rückt das Schränkchen in das Scheinwerferlicht von draußen. Gerta hat seit seiner Verurteilung niemals mehr etwas von sich hören lassen. Er muss es noch einmal versuchen. Da das Papier nicht reicht, lässt er sich von Lühr noch einen Bogen geben.

Am Dienstag wird er zu Engelweich vorgeladen. Engelweich ist sein Abteilungsleiter, solange die Stelle nicht mit einem Inspektor besetzt ist. Er lässt ihn vor dem Schreibtisch stehen. Warten, während er in einer Akte blättert. Schließlich blickt er auf.

„Hier." Er tippt auf drei Blätter handbeschriebenes Papier. „Ihrer?"

Blums Augenlid beginnt zu zucken.

„Ja, es ist mein Fristbrief von der letzten Woche."

„Klar." Engelweich lächelt gedankenverloren aus dem Fenster.

„Blum, Sie schreiben schöne Briefe, wenn ich das mal sagen darf."

Er wehrt mit der Hand ab, als hätte Blum etwas einwenden wollen.

„Nein, nein, ich lese sie wirklich mit Interesse. Was hier sonst so geschrieben wird. Gerade darum müssen Sie uns helfen, Blum, die Vorschriften der Hausordnung einzuhalten. Zwei Seiten, Blum."

„Ich werde das nächste Mal daran denken."

„Ja, tun Sie das."

Blum streckt seine Hand nach dem Brief aus. Engelweich blickt nachsichtig zu ihm auf.

„Es ist nicht üblich, Blum, den Gefangenen mit
Handschlag zu verabschieden."

„Ich wollte den Brief zurückhaben-, sagte Blum leise.

„Kommt zu Ihren Akten."

Drei Tage geht Blum nicht aus der Zelle. Er gibt vor,
Kopfschmerzen zu haben. Er soll zum Arzt.

„Arzt. Oder es gibt eine Anzeige wegen Arbeitsver-
weigerung", sagt Beamter Kopf.

„Migräne?" sagt der Arzt. „Eine Frauenkrankheit.
Sollte ich Sie nicht gründlich genug untersucht haben?"

Er gibt Blum eine Spritze in die Armvene. Blum
muss fünf Minuten warten. Intravenös wirkt schnell.

„Nun, merken Sie was?" fragt der Arzt lauernd.

Blum zögert einen Moment, bevor er nein sagt.

„Ab auf den Arbeitssaal", sagt der Arzt. Er beugt
sich über das Waschbecken und wäscht sich die
Hände.

„Sie sind Arzt", sagt Blum leise. „Was können Sie ein
Interesse daran haben, dass ich arbeite oder nicht."

Der Arzt beugt sich tiefer übers Becken, damit Blum
sein Gesicht nicht sehen kann. Plötzlich prustet er

los vor Lachen.

Blum steht am Fenster des Arbeitssaals. Er drückt die Stirn gegen die kühle Scheibe. Birm tritt hinzu.

„Willst du das Glas zerschmelzen?"

„Erst drei Monate hier und glaubt, das nimmt kein Ende."

„Das Ende einer Maus ist der Anfang einer Katze."

Blum wendet sich ab. Der Innenhof ist leer. Über dem Zellenbau treiben ein paar weiße Wolkenfetzen dahin. Darunter hängt ein Knacki sein Laken aus dem Fenster.

„Er macht den Gräsern auf dem Hof ein Friedens-angebot. Er hat dreißig davon zertreten, als er sich mit Bambulen-Wöhler prügelte."

„Wann?"

„Gestern."

„Warum?"

„Einer blieb dem anderen 100 Gramm Nescafé schuldig."

„Birm, wollen Sie nicht mal wieder an die Maschi-ne?" schreit Schüblin.

Birm beleidigt: „Der kann mir nichts sagen, der Lackaffe. Ich bin der beste Näher!"

Blum deutet auf einen Gefangenen, der mit kleinen Schritten und gespreizten Beinen über den Hof wat-schelt.

„Wer ist das?"

„Das ist Peruste, der schielende Mörder. Er ist Billy
Jenkins, Tom Prox, Franco Nero und Al Capone
alles in einem. Er hat die vollendetsten Platt-, Senk-
und Spreizfüße unserer unübertrefflichen Anstalt.
Eingeschlossen alle Beamten der Blumen- und Vo-
gelstadt Graeven." Er unterbricht sich. „Aus Ehrer-
bietigkeitsgründen nehme ich das Oberlandesgericht
und den Graevener Puff aus."
Er wischt sich den Mund ab, als hätte er zwischendurch einen Schluck genommen.
„Seine Karriere als Killer", fährt er fort, „begann und
endete folgendermaßen: Peruste ist aus einem Dorf
in der Heide. Es ist jetzt vierzehn Jahre her. Er pfleg-
te auf einem Friedhof zu schlafen. Auf demselben
Friedhof wurde eines Tages ein vergewaltigtes und
ermordetes Mädchen gefunden. Die Polizei stellte
Nachforschungen an, konnte aber keine Lösung des
Rätsels finden. Niemand hatte das Mädchen zuvor in
dem Dorf gesehen. Es gab, wie schon die letzten vier
Jahre, nichts Auffälliges. Man setzte für Hinweise,
die zur Ergreifung des Täters führen würden, eine
Belohnung von 1000 Mark aus. Das ganze Dorf
sprach davon. Niemand redete von dem Mädchen,
jeder wollte die 1000 Mark haben. Zweimal erschienen bei der Polizei Frauen, die ihre Männer beschuldigten, das Verbrechen begangen zu haben und die
1000 Mark kassieren wollten. Die Polizei führte
pflichtgemäß die Untersuchung durch. Der eine

Mann hatte in jener Nacht im Stall bei den Ziegen geschlafen und der andere war als letzter aus einem Wirtshaus geworfen worden, wo er liegen blieb, bis der Milchwagen ihn morgens mitnahm. Die eine der Frauen hatte in Erwartung der 1000 Mark schon einen Fernseher auf Raten gekauft. Als der Elektrohändler von dem Polizisten das Ergebnis der Ermittlung erfuhr, ging er hin und holte den Apparat wieder ab. Das Geschrei und Wehklagen der Frau machte den Leuten wieder bewusst, wie viel sie von 1000 Mark kaufen konnten. Peruste hörte das auch, als er in einem Kaufladen stand und zwei Brötchen und eine Flasche Weinbrand kaufen wollte. ‚Ich habe gerade die letzte Flasche Weinbrand verkauft', sagte der Kaufmann, ‚ich habe nur noch Cognac.' – ‚Cognac', sagte Peruste. ‚Wie willst du das bezahlen?' rief der Kaufmann aus, ‚eine Flasche kostet 19 Mark.' – ‚Ja, wenn er den Mörder brächte, da gäbe ihm die Polizei die 1000 Mark und Peruste könnte sich dreißig Flaschen vom Besten leisten', lachte eine Kundin, und dann redeten sie wieder über den ganzen Fall. Peruste legte beide Hände an die Brille und drückte sie fester auf die Nase, so als könne er mit einer gut sitzenden Brille besser hören. Er merkte sich die Worte jedes einzelnen der aufgeregten Leutchen. Dann tippelte er aus dem Laden und zur Polizei. Er sagte: „Stimmt es, dass ich 2000 Mark kriege, wenn ich euch sage, wer der Mörder ist?"

„Tausend", sagten die Polizisten. Sie wussten aus Kriminalfilmen, dass die Aufklärung eines Verbrechens immer von der unwahrscheinlichsten Seite kommt, und versprachen ihm die 1000 Mark. ,Ich bin der Mörder', sagte Peruste und hielt die Hand auf. Die Untersuchung dauerte ziemlich lange. Es gab keine Beweise außer Perustes Geständnis und der Tatsache, dass sich sonst niemand bereitfand, die schwere Schuld auf sich zu nehmen."

„Hast du ihn mal gefragt?"

„Er gibt keine Antwort. Er sagt, er lässt sich nicht foppen. Das hätten sie schon mal gemacht - mit den 1000 Mark." Der Hof ist leer. Während der langen Erzählung ist Peruste in einer der Türen des Arbeitshauses verschwunden.

Es dauert lange, bis Erich Föhn das erste Mal zu Blum spricht. Eine große, haarlose Riesenmaus, die ständig zum Waschbecken oder in die Ecke läuft, sich schrubbt und putzt, den Kopf stets gesenkt - das ist Erich Föhn. Fünfzehn Jahre Haft haben ihn leise, geschmeidig, taub und stumm gemacht. Empfindsam und nervös weicht er jedem Angriff aus. Ohne den Kopf zu heben, macht er um jeden einen Bogen. Sein Gesicht ist immer gleichmäßig glatt rasiert, gefettet und ausdruckslos. Als Riener ihn anschreit, zuckt es unter der Haut seiner Lippen und Wangen. Er geht ohne zu reagieren weg. Als die Arbeit zu

Ende ist und alle darauf warten, dass Schüblin den Saal aufschließt, steht er neben Blum. Den Kopf – wie immer – gesenkt, nur grad ein wenig zur Seite gedreht, sagt er: „Nimm dich vor Kuul in acht."

Blum will fragen, doch Erich Föhn nimmt keine Notiz mehr von ihm. Er starrt vor sich hin und nickt immer wieder, als baumelte sein Kopf in einer Schlinge.

Einige Tage später kommt er an Blums Maschine.

„Stör ich?"

Er spricht leise, als hätte er Angst, dass jemand zuhört, den Kopf gesenkt.

„Ich habe nur eine kurze juristische Frage. Darf ich?"

Seine Haare sind hochgeschoren, mit Pomade angeklebt, die Augenbrauen gekämmt.

„Bezieht sich eine Begnadigung auf die einzelnen Strafen oder auf den Menschen?"

„Was meinst du mit einzelnen Strafen?"

„Ich habe zweimal lebenslänglich."

„Wenn sie dich begnadigen, kommst du raus. Aber sie werden bei der Entscheidung deine doppelte Strafe im Auge haben."

„Danke."

„Hast du nicht über Erich Föhn gelesen?" sagt Birm. „Er hat zwei in Pakete verpackte Bomben verschickt. Eine an einen Zeitungsverleger und eine an einen Politiker. Die Bombe an den Verleger ist geplatzt.

Die Sekretärin war tot, der Verleger nur leicht verletzt."

Von nun an kommt Erich öfter zu Blum an die Maschine. Er setzt sich davor. Lächelt manchmal. Spricht sehr wenig, starrt auf die tuckernde Nadel.

„Du nähst langsam. Du willst nicht." Er geht zum Waschbecken, wäscht sich die Hände. In der Ecke putzt er sich die Schuhe.

In der Freistunde drängt sich Krückenmeister Borsig zwischen Blum und Bielich.

„Du, hör mal", sagt er, „du hast doch studiert, du hast doch Ahnung, der Arzt erkennt meine Lähmung nicht an, der schreibt einen erst haftuntauglich, wenn man den Kopf unterm Arm trägt."

Bielich bleibt stehen.

„Ich weiß", sagt er, „du versuchst es ja schon jahrelang. Ich kann dir da nicht helfen."

Borsig hebt die Krücke.

„Kuck den Irren da!"

Zick Zack läuft johlend über den Hof und springt Ochse Ruhl in die Arme, der ihn auffangt, aber abrupt fallen lässt, als er das Lachen der andern hört. Zick Zack reibt sich das Steißbein.

„Von der Kröte krieg ich noch 200 Gramm Nescafé. Für 'n Anzugstoff."

Bielich hat nicht mehr hingehört. Er ist grau im Gesicht geworden, schwankt, taumelt gegen Kuul, der gerade vorbeigeht, will sich festhalten und greift ihm ins Hemd. Kuul reißt Bielich hoch, sein Faustschlag trifft Bielich in den Magen, stöhnend krümmt Bielich sich zusammen. Kuul zieht das Knie an, Bielichs Kopf fliegt nach hinten, Blut schießt ihm aus Mund und Nase, er fällt hintenüber, bleibt bewegungslos liegen.

Eine Trillerpfeife schrillt. Blum drängt sich durch die Herumstehenden. Er kniet neben Bielich nieder und hält seinen Kopf.

„Sanitäter", brüllt Engelweich.

„Dieser Mann ist krank. Der war ja wehrlos", sagt Blum.

„Haben Sie es gesehen?" fragt Engelweich.

Blum sieht zu Engelweich hoch und zeigt auf Kuul. Engelweich lächelt. Kuul macht einen Schritt auf Blum zu und hebt den Finger.

„Vorsicht, mein Junge, auch Lügen ist strafbar!"

Der Auflauf ist größer geworden.

„Der mit der Krücke hat's ja auch gesehen!"

Borsig schiebt sich nach vorne.

„Was ich sehe oder nicht sehe, das weißt du doch nicht!"

Ratlos zeigt Blum auf Hauptwachtmeister Kopf.

„Ich hab wohl gesehen, dass da was war", Kopf wägt bedächtig ab, „aber was, kann ich auch nicht genau sagen."

Kuul tippt Blum an die Brust.

„Wenn das 'ne Anzeige gibt, dreh ich dich durch 'n Wolf!"

Engelweich beugt sich über Bielich, der die Augen schließt.

„Nein", sagt Bielich, „keine Anzeige."

Als Blum Engelweichs Amtszimmer verlässt, fühlt er einen leichten Krampf hinter der Stirn. Er lehnt sich gegen die Wand.

Blum wird zurück in den Hof gebracht. An der Längsseite des Zellenbaus steht Zick Zack und spielt auf der Mundharmonika „Komm in das Traumboot der Liebe, komm mit mir nach Hawaii." Dazu macht er mit dem Arm die Bewegung des Leierkastenmannes.

Vor ihm liegt seine Gefangenenmütze, in die die vorbeigehenden Gefangenen grinsend Steine werfen.

„Auf Hawaii gibt's kein Bier, drum bleib ich lieber hier", brüllt Ochse Ruhl und schmeißt Zick Zack einen Stein an den Kopf. Zwei Schritte hinter Blum geht ein älterer Gefangener. Er holt Blum ein.

„Mein Name ist Dr. Stern. Ich bin Arzt. Ich habe das mit Kuul vorhin beobachtet. Das ist eine schlimme Geschichte." Blum sieht ihn neugierig an. Er weiß von Birm: Stern ist einer der Judenmörder.

„Für unsereinen ist das Leben hier ohnehin eine doppelte Strafe. Sie sind zwar neu, aber wissen Sie, wenn ich ehrlich bin: Sie machen alle Fehler auf ein-

mal. Dieser Bielich zum Beispiel, obwohl er von der Erziehung her uns näherstehen sollte, ist eine ganz zersetzende Erscheinung. So was kann sich in das Leben wie Gift einschleichen. Nein, Sie sind ein sympathischer, offener Mensch, Blum –" Dr. Stern taxiert Blum von der Seite – „der Pfarrer erwähnte Sie neulich – warum ziehen Sie nicht zu mir auf die Zelle? Meine Zelle liegt immerhin im anderen Flügel. Ich habe schon mit Herrn Engelweich gesprochen. Ich meine, die Sache mit diesem Tiger-Kuul – Sie sind zwar kräftig, aber Sie ahnen nichts von der Eifersucht, die in diesem fürchterlichen Kerl steckt."
Er wirft einen verstohlenen Blick nach hinten.

„Ich weiß nicht, ob Sie sich dafür interessieren, aber ich mach Gedichte – natürlich nicht die ganz großen, aber –" Er nestelt in der Tasche und holt ein Vokabelheft heraus, das er Blum hinhält.

„Vielleicht – bitte – vielleicht gefallen sie Ihnen ein wenig."
Sie überholen Borsig, der sie neugierig anstarrt.
Ernesto, der Schieber, tritt Borsig die Krücke weg. Borsig, dessen ganzer Körper in einem Stahlkorsett steht, kippt wie eine Riesenschildkröte auf den Rücken. Dr. Stern ist schnell davongegangen und hat Blum stehenlassen.

An Walter Kuuls 30. Geburtstag haben sich Zick Zack und Marie nachmittags arbeitsfrei genommen.

Kuul blickt aus dem Fenster. Marie ordnet mit ein paar letzten Griffen den gedeckten Kaffeetisch. Dann entzündet er die fünf Kerzen auf der Torte, die er für 1000 Gramm Kaffee in der Bäckerei in Auftrag gegeben hat. Im Tauchsiedertopf brodelt das Wasser.

„Augenblick noch. Bitte nicht umdrehen, Mäuschen!"

„Hör mit deinem Scheiß Mäuschen auf, oder du fängst dir noch mal 'ne Schelle."

„Ach, lass mich doch mal." Marie nimmt das Paket entgegen, das Zick Zack ihm reicht, legt es auf Kuuls Platz. Zick Zack setzt die Mundharmonika an die Lippen. Marie betrachtet sein Werk. Nickt lächelt. Zick Zack holt Luft und spielt ‚Happy Birthday to you'.

„Jetzt", sagt Marie.

Kuul dreht sich um. Er lächelt verlegen. Es ist das erste Mal in seinem Leben, dass ihm jemand zum Geburtstag 'ne Torte mit Kerzen aufgestellt hat. Er tritt an den Tisch und tippt auf das Paket.

„Isses für mich?"

Marie und Zick Zack grinsen.

In dem Paket ist ein Gefangenenanzug, der in der Schneiderei für 300 Gramm Kaffee genau nach Kuuls Maßen angefertigt wurde. 200 Gramm mussten sich Zick Zack und Marie von Borsig leihen, die monatlichen Zinsen von 100 Gramm nicht gerechnet. Kuul reißt das Paket auf und hält den Anzug hoch.

„Donnerwetter. Der is nich von der Stange!"

Kuul hebt Maries Kinn an – ein flüchtiger Kuss!

„Zu deinem 30. Geburtstag, Walter", sagt Marie.

Kuuls Augen sind feucht. Er wendet sich schnell ab und gibt Zick Zack fest und männlich die Hand.

„Probier ihn doch mal an", sagt Marie.

Der Anzug ist um einen Tick zu modisch. Kuul weiß das. Es macht ihn unsicher. Er reckt sich vor dem Rasierspiegel, um so viel wie möglich sehen zu können. Schließlich steigt er auf einen Hocker, mustert die Hose. Zick Zack grinst, geht um ihn herum, zupft hier und zupft da.

„Wirklich schön", sagt Marie. „Bestimmt. Wirklich schön." Kuul beobachtet Zick Zack misstrauisch von oben, gibt ihm eine Kopfnuss, und Zick Zack erschrickt:

„Was issen mit der Torte?"

Sie setzen sich. Marie gießt Kaffee ein.

Als er die Torte anschneidet, sagt Zick Zack ängstlich zu Kuul: „Ich muss ma scheißen."

Kuul hat nicht richtig verstanden.

„Scheißen??"

Zick Zack nickt kleinlaut.

„ Kommt nicht in Frage!"

„Nicht an Walters Geburtstag", sagt Marie, „und vor der Torte!"

Zick Zack beißt sich auf die Lippen und starrt auf

seinen Teller.

Plötzlich knallt der Riegel, und in der aufgerissenen Zellentür steht Kopf.

„Kuul zu Hauptverwalter Engelweich!"

Alle drei fahren herum.

„Was ist denn jetzt los?" brüllt Kuul.

„Keine Ahnung. Anordnung."

Kuul erhebt sich wütend und zieht seine Arbeitsjacke über.

„Bin gleich wieder da."

Als Kuul vor Engelweich steht, lehnt der sich in seinem Schreibtischsessel zurück: „Kuul, dass Sie neulich den Bielich zusammengeschlagen haben, das hat nun Konsequenzen." Ärgerlich beugt sich Kuul vor.

„Ich habe Ihnen doch schon mal gesagt: der ist gefallen."

„So? Vielleicht als Putz von der Decke?!"

„Was weiß ich."

„Kuul, Sie erinnern sich doch? Damals. Da habe ich Ihnen gesagt: das vergesse ich nicht!" Er holt mit einem Griff zwei Bogen aus der Schreibtischschublade und wedelt damit in der Luft herum.

„Und hier ist die Rechnung: eine von Blum unterschriebene Aussage wegen Körperverletzung, und eine auch von ihm unterschriebene Erklärung, dass Sie ihn bedroht haben!" Er legt die Bogen zurück in die Schublade und schiebt sie mit einem Knall zu.

„Sie werden verlegt. In einen anderen Flügel. – Allein."

Kuul starrt ihn nach den letzten Worten an. Schließlich sagt er leise: „Und Marie?"

Engelweich lächelt.

„Haben Sie nicht begriffen? Allein! Und zwar sofort!"

Als Kuul in die Zelle zurückkommt, fängt Marie an
zu weinen. „Warum hast du damals nicht einfach
gesagt, du hättest nichts gesehen?"

Kuul, der seine Sachen packt, fährt hoch: „Ich habe
noch nie 'n Knacki angeschissen; aber dieses Schwein
Engelweich hat Gefangene mit 'ner Nadel gestochen,
und das hab ich gesehen, und das hab ich der Kripo
gesagt. – Weil ich's mit eignen Augen gesehen hab."

„Warum schreit ihr euch an", sagt Zick Zack, „und
nicht den Blum? Der sitzt fröhlich mit seiner Migräne oder was auf der Zelle. Ich könnte Buffe Bescheid
sagen, dass er ihn auf den Zellengang zum Putzen
rausholen lässt, und Marie holt ihn hier rein und bis
dahin geht Walter in die Spülzelle."

Als Kopf Blums Zelle aufschließt, steht Buffe hinter
ihm. „Blum, hilf mir mal beim Abseifen der Zellen-
türen."

Blum erhebt sich und nimmt den Eimer, den Buffe
ihm hinhält. Als er dabei ist, die erste Tür mit dem
Schwamm abzureiben, hört er leise seinen Namen
rufen.

Im Gang vor seiner Zelle steht Marie und winkt
Blum heran. Er blickt sich scheu um und zieht ihn in
seine Zelle. Er möchte ihm eine Intarsienarbeit zeigen, die er für 100 Gramm Nescafé gekauft hat: Ein
Clown, ausgelegt mit verschiedenfarbigen Hölzern.
Mit den Fingerspitzen berührt Blum die glatte, sorgfältig bearbeitete Oberfläche des Holzes. Sie sitzen
nebeneinander auf dem Bett, die weiße weiche Haut
von Marie dicht neben ihm. Er duftet nach Chanel.
Blum spürt seine Wärme durch den groben Stoff der
Hemden. Ihm ist heiß. Er hört sein Herz in den Ohren schlagen.

„Wie findest du die Arbeit?" fragt Marie wieder.
Blum spricht stockend. Marie lächelt. Mit seinen po-
lierten Fingernägeln betupft er Blums Lippen.
Die angelehnte Tür wird aufgerissen. Blum kommt
nicht schnell genug herum. Ein Schatten springt auf
ihn zu und kleine Sterne funkeln und blitzen auf.
Blum spürt einen dumpfen Schmerz an der Schläfe,
und für einen Augenblick wird es schwarz um ihn
herum. Er wird immer wieder hochgerissen und von
Schlägen getroffen. Als ihn Kuul in seine Koje
schleift, bleibt er besinnungslos an der Erde liegen.
Kuuls Zellentür öffnet sich noch einmal. Marie und
Zick Zack putzen eilig mit einem Lappen über die
Blutspur. Dann ist wieder Ruhe.

Am nächsten Tag muss Blum seine Sachen packen.

Er kriegt eine Koje im gleichen Haus, aber auf dem IV. Zellengang. Es ist wärmer hier, weil der Fußboden nicht aus Stein ist, sondern aus Holzbohlen. Auf dem IV. wird der Fußboden jeden Tag gebohnert. Die Gefangenen betreten ihn auch nicht mit Schuhen, sondern stellen sich auf zwei Filzlappen, auf denen sie zwischen Tür und Fenster hin und her rutschen.

Auf dem IV. sind die Zellen sauber. Hier oben sind die Mustergefangenen: meistens Lebenslängliche. Hier oben gibt es keine Akkordwichser und Tagelöhner wie auf Matten 1 oder 2 oder Tüten. Hier sitzen solide Handwerker, Tischler oder Schlosser, die einen festen Monatslohn von dreißig Mark erhalten. Darauf sind sie stolz.

„Sie haben sich verbessert", sagte der Sicherheitsinspektor anerkennend. „Sie können sich jederzeit an mich wenden." Kopfnickend blickt er sich in der Koje um. Er steht sehr nahe vor Blum, den das Bett am Ausweichen hindert.

„Halten Sie die Augen offen", sagt der Inspektor.

„Ja", sagt Blum.

Er drückt Blums Arm und kneift ein Auge zu.

„Die zweite Stelle in der Bücherei wird frei", sagt er.

Blums neuer Nachbar hat ein winziges Transistorradio mit Kopfhörer. Für ein Päckchen Tabak im Monat leiht er es ihm abends, bevor er sich schlafen legt.

Nächtelang liegt Blum mit dem Stöpsel im Ohr. Immer wieder: *„All you need is love'* von den Beatles. In London wird die Anti-Universität gegründet. Revolten in Berkeley. Die Studentenbewegung wächst. In Deutschland gehen die Studenten auf die Straße. Bob Dylan sagt, dass er gegen die Kriegsgesellschaft Amerikas singt. Blums Augen glänzen, seine Stirn glüht. Tagsüber starrt er auf die Nähmaschine, von der Öl tropft.

Blum kann sich leicht mit seinem Nachbarn einigen, der diese Sendungen nicht hört.

„Ich hör Fußball. Bin jeden Sonntag mit meiner Frau zum Fußball gegangen", sagt er. Seine Frau hat sich scheiden lassen. Die zwei Kinder hat sie.

„Die lebt jetzt mit einem anderen zusammen", brummt er verdrossen. „Mit einem Kollegen aus der Firma, auch Montage."

Wenn er rauskommt, will er sich wieder einen Fernseher, eine hübsche Wohnung und eine Familie anschaffen. Manchmal, wenn er über die Zukunft spricht, gerät er ins Stocken. „Wer will so einen Zuchthäusler schon?" sagt er dann.

Blum hört ihm zu. Blum hat sein Vertrauen. Aber eines Abends streckt der Nachbar drohend seine Faust durch das Fenstergitter. Das Radio ist gefilzt worden.

„Wer sagt mir, dass du Schwein mich nicht verzinkt hast!"

Und dann Weihnachten. Gerta will Blum besuchen. Endlich hat sie ihr Schweigen gebrochen, nachdem Blum ihr mitgeteilt hat, wie schlecht es ihm geht.

Gerta ist umgezogen, sie hat ein neues Kleid gekauft, sie hat sich geschmorte Tomaten gemacht, sie hat den Film ,*Ein Affe im Winter*' gesehen, ihre Freundin hat sich den Fuß verstaucht. Blum liest alles zehnmal.

Am 23. will sie kommen. Sie wird das Weihnachtspaket mitbringen. Blum steht schon um fünf auf. Er wäscht sich von oben bis unten. Er hat sein Sonntagshemd nie getragen, heute zieht er es an. Er kämmt sich. Er probiert den Scheitel links, rechts und in der Mitte. Seine Haare sind nachgewachsen. Er streicht die Augenbrauen glatt. Er macht die Fingernägel sauber. Er schwitzt. Er wäscht sich noch mal. Im Handschuhsaal merken sie was.

"Sie kommt zu Besuch, was?" sagt Riener.

Birm bringt ihm Eau de Cologne. Er gießt ihm eine halbe Flasche über.

„Stör dich nicht an dem Beamten", sagt Birm. „Küssen, verstehst du, richtig küssen! Anfassen! Die Brüste, den Hals, die Ohren. Alles. Riechen, fühlen, alles."

„Ja", sagt Blum mit belegter Stimme.

Um zehn wird er in den Verwaltungsbau gebracht. Er wartet mit einem anderen. Flank, einem Lebens-

länglichen aus der Tischlerei, zusammen hinter dem
Gitter.

Flank nestelt an seiner Jacke. Er schwitzt.

„Mein Gott, Besuch. Das ganze Jahr denkt man
dran. Aber eine Woche vorher kannst du nicht mehr
schlafen vor Angst, und hinterher brauche ich zehn
Tage, bis ich wieder richtig ticke." Mit dem kleinen
Finger verschmiert er den Schweiß auf der Oberlippe, wischt sich die Handflächen am Jackett ab, betastet seine Frisur.

„Wieso?" fragt Blum.

„Neunzehn Jahre bin ich hier drin. Wenn meine
Schwester und mein Schwager mir gegenübersitzen,
bringe ich kein Wort raus. Weiß nicht, wohin ich
kucken soll. Mir wär's lieber, sie kämen nicht mehr."
Flank wird aufgerufen. Mit ruckenden, zuckenden
Schritten geht er den Gang entlang zum Besuchs-
zimmer. Blum wartet über eine Stunde. Die Beamten, die vorbeikommen, fragen, was er da rumzu-
stehen hat.

„Besuch", sagt Blum.

Die beiden Wachhabenden auf der anderen Seite des
Gitters beginnen laut sich auszumalen, wie sie aussehen mag.

„Schwarz?"

„Vielleicht Glatze mit Vorgarten."

„Blond", schreit Blum. „Blonde Haare."

Sie warten. Gegen Mittag kommt ein dritter Beamter,

schließt das Gitter auf und macht einen Kratzfuß vor
Blum.

„Zum Fürsorger, der Herr."

Blum zuckt zusammen.

Der Fürsorger im schwarzen Anzug, mit blankge-
scheuertem Revers, steht halb aus seinem Stuhl auf,
als Blum hereinkommt, zeigt schlechte Zähne und
sagt: „Bitte Platz nehmen." Er stützt die Ellbogen
auf, faltet die braunen Nikotinfinger, setzt drei-,
viermal an, bringt es nicht raus. Erschöpft lehnt er
sich gegen den Stuhlrücken und wischt mit seinem
riesigen Taschentuch den Schweiß von der Stirn.

„Sie kommt also nicht", sagt Blum.

„Das Weihnachtspaket wird Ihnen natürlich noch
geschickt", sagt der Fürsorger. „Später."

Heiligabend lässt der Pastor in der Kirche eine Tüte
mit Lebkuchen und drei Apfelsinen verteilen. Sie
singen vom Himmel hoch, Welt ging verloren, Christ
ward geboren.

„Johannes 14, Vers 18," sagt der Pastor.

Zum Abendessen gibt es Würstchen mit Kartoffelsalat. An die, die kein Weihnachtspaket bekommen
haben, verteilt der Hausreiniger eine Tüte mit Lebkuchen und drei Apfelsinen. „Vom Fürsorger", sagt
er.

Zu den Gefangenen, von denen man annehmen
kann, dass sie wissen, wie sie sich zu benehmen ha-

ben, kommt der Anstaltsleiter persönlich. Blum springt auf, knöpft seine Jacke zu und grüßt.

„Ein frohes Fest", sagt der Anstaltsleiter.

„Jawoll", sagt Blum.

Als der Anstaltsleiter über den Hof zum Verwaltungstrakt zurückgeht, schlagen die Gefangenen mit Blechnäpfen gegen die Gitter, werfen brennende Stoff- und Papierfetzen aus den Fenstern und schreien. Der Anstaltsleiter bleibt abrupt stehen, dreht sich um und blickt prüfend an den Fensterreihen hinauf. Hauptverwalter Engelweich setzt die Flüstertüte an den Mund – er hatte sie für alle Fälle dabei – und brüllt:

„Das werdet ihr noch bereuen! Das hat Konsequenzen!"

Nach Weihnachten ist Blum fertig. Die lange Einzelhaft, der ständige Kampf gegen Arzt und Beamte, in dem er keine Unterstützung hat, und die gnadensüchtige, leise putzwütige Atmosphäre auf der IV. Kojengalerie haben ihn geschafft. Schneeflocken treiben im Scheinwerferlicht des Hofes. Die Luft ist nass und kalt. Er hat Kopfschmerzen. Er schließt das Fenster. Nimmt Papier und Kugelschreiber. Da er nicht reden kann, will er schreiben. Einen Brief an eine Frau. Nicht an Gerta, sondern an die Psychologin Frau Dr. Schuster. Widerwillig beginnt er, ihre Gespräche in der Heilanstalt zu erwähnen. Er erklärt

ihr die Gründe und das Ausmaß seiner Verehrung
damals. Er sagt, es hätte etwas zu tun mit der Mari-
enanbetung der Mönche. In Kutten oder Sträflings-
kleidern standen sie vor dem Bild der einzigen Frau
und wichsten. Blum sagt, statt ihm mit ihrem Gut-
achten zu helfen, hätte sie ihn verraten. Er sei für sie
nichts als eine Aktennotiz mit dem Vermerk ‚Zuchthaus'. Er hat sie wegen ihrer Titten und Beine ge-
liebt, er betet ihre Votze an, die er für warm, zärtlich
und kontraktionsfähig hält. Er reißt ihre Schenkel
auseinander, schiebt den pochenden Riemen rein
und hämmert los. Fasst mit den Händen ihre Titten,
starrt in ihre aufgerissenen Augen, und um sie zu
ängstigen, schneidet er Fratzen. Die Beschreibungen
haben ihm den Schweiß auf die Stirn getrieben. Er
steht auf und holt schnell seinen Schwanz raus. Er ist
steif. Blum reibt ihn mit einer alkoholhaltigen Tink-
tur ein, die ihm der Arzt wegen eines eiternden Na-
gelbettes gegeben hat. Es brennt. Er wichst – die
Psychologin unter sich.

Er will in eine Gemeinschaftszelle. Er schmiert
Zippmann, den Schreiber von Sicherheitsinspektor
Wilm, mit 100 Gramm Nescafé.
Zippmann füllt die Verlegungsblätter aus, Wilm un-
terschreibt. Zippmann ist 45 Jahre. Schwammig. Er
hat sechs Jahre wegen Betrug. Nicht das erste Mal.
Seine Haare sind grau meliert und pomadig. Er trägt

Maßanzüge aus der Schneiderei, seine Einkünfte erlauben ihm das. Er beteiligt sich an keiner Auseinandersetzung, nimmt nirgends Partei. Jeder Zellengang und jeder Gefangene ist ihm gleich verhasst. Er lächelt unsicher und schief nach rechts und links.

Wilm sagt: „Eine unangenehme Type, dieser Stolte."

„Ja", zischelt Zippmann, „er soll ja auch mit Pornos Geschäfte machen."

„Was meinen Sie?"

„Auf den Sicherheits-Zellengang."

„Und wer nach oben?"

„Frei." Zippmann denkt an die 100 Gramm Kaffee von Frei, an die 100 von Blum und an die 100 von Sulzberg in seinem großen Karton. Sulzberg sitzt wegen einer Schlägerei im Kaschott. Er will nicht mehr zurück auf den Sicherheits-Zellengang, wenn er rauskommt.

„Stolte zu Ring?" Wilm runzelt die Stirn.

„Nein. Auf 38. Sulzberg sitzt doch im Kaschott."

„Und auf 31?"

„Blum."

„Blum?."

„Sie müssten mit Blum reden. Er könnte einen guten Einfluss auf Ring ausüben."

Wilm zu Blum.

„Na, haben Sie sich hier einigermaßen eingelebt bei uns?"

Blum denkt an die Regel von Birm. Nie sagen, dass es dir gefällt, nie sagen, dass du es erträglich findest oder dich eingelebt hast. Sie werden sonst misstrauisch. Du leidest, natürlich, aber als Einzelner. Die anderen gehen dich nichts an.

„Das ist schwer. Will auch mit den anderen keinen Kontakt haben."

„Ist auch besser so. Wir wollten Sie verlegen. Auf den II. Zellengang, damit Sie mal mit Leuten zusammenkommen. Sie waren ja lange genug alleine. Was halten Sie davon?"

„Wie Sie meinen."

„Ja, Sie kommen mit zwei anderen zusammen. Der eine ist Amerikaner, netter Junge, sauber. Der andere ist ein bisschen hitzköpfig. Macht nur sich und uns Schwierigkeiten. Sie könnten ihn da ein wenig beeinflussen, auf Sie als Mitgefangenen hört er eher. Und Sie sind ihm ja intelligenzmäßig weit überlegen."

Sicherheitszellengang. Am oberen und unteren Ende Fernsehkameras. Nr. 31. Fenster doppelt vergittert. Tür extra verpanzert.

Sie sitzen um den Tisch. Nach neun Uhr – Scheinwerferlicht. Sie rauchen und trinken Kaffee. Ring brüht einen nach dem anderen. Reden – Ring, Ronald und Blum – bis in die Nacht.

Ronald ist 24. 43 in Wien geboren. 44 sind seine Eltern nach New York emigriert. Brooklyn und Ridgewood. Nach der Schule hat er als Elektrotechniker bei einer Telefongesellschaft gearbeitet. Er und zwei andere, aus der einstigen Straßenbande, bewunderten die amerikanische Nazipartei. Irgendwann beschlossen sie, in die Bundesrepublik zu reisen und die zentrale Ermittlungsstelle für NS-Verbrechen in die Luft zu sprengen. In Deutschland angekommen, nahmen sie an NPD-Versammlungen teil in der Hoffnung, dort aktive Unterstützung zu finden. Sie verhandelten, doch im ganzen erschien ihnen das Klima passiv. Als er Pläne und Fotos von der Bundesanwaltschaft in Karlsruhe anfertigte, wurde Ronald verhaftet. Er bekam eineinhalb Jahre.

Er ist freundlich und zurückhaltend. Er hat jetzt noch zwölf Monate, eine Eintagsfliege.

Rings Geschichte ist lang. Er erzählt sie Nacht für Nacht. Tags näht er Einkaufstaschen. Er verlässt die Zelle kaum. Er redet, zu Blum, zu Ronald oder vor sich hin, immer wie in Trance.

Dreimal hat er eine Lehre angefangen, dreimal abgebrochen. „Jedes Mal", sagt er, „aus Langeweile, wegen Demütigungen und Knechterei." Dann zwei Jahre Jugendknast wegen Autodiebstahls und Automateneinbrüchen. Nach der Entlassung wollte er irgendwo anfangen, wo ihn keiner kannte. Er ging nach Frankreich in die Fremdenlegion. Das strenge Reglement in den Ausbildungslagern brachte ihn in die Strafkompanie. Er gefiel einem Offizier, der seine

Zelle inspizierte. Der drückte ihn an seinem Schwanz und schickte ihn später zum Einsatz. So kam er nach Nordafrika – auf einem Panzer. Als der Panzer einen Eselskarren rammte und zwei Zivilisten unter sich zerquetschte, schnappte Ring über, zog seine Pistole und fuchtelte damit herum. Der Gruppenführer behauptete später, Ring hätte ihn bedroht, und Ring, 21 Jahre, bekam einundzwanzig Rutenhiebe übergezogen. Danach Krankenrevier und neue Einsätze. Die Angst nach einem plötzlichen Feuerüberfall und die folgende Vergeltung gegen ein Dorf, Erschießungen von Frauen und Kindern, machten ihn hysterisch und depressiv. Als sich die Gelegenheit bot, floh er. Er schaffte es bis Oran und über Italien nach Deutschland. Da er sich nicht beruhigen konnte, saß er jeden Abend in den Kneipen und faselte von Abenteuern und Beziehungen zur FLN, die er nie gehabt hatte.

Eines Nachts traten ein Marokkaner und ein Deutscher an seinen Tisch und raunten ihm zu, dass sie für die FLN arbeiteten. Sie wollten in ein Bürohaus, in dessen Räumen 30000 Mark liegen sollten, einbrechen. Er sollte ein Auto klauen und mit einer Pistole den Rückzug decken.

So wurde er verhaftet, im geklauten Auto mit einer Pistole, Marke FN, im Handschuhfach.

Er hatte kein schweres Urteil zu erwarten, trotzdem versuchten er und die zwei anderen einen Ausbruch.

Der Ausbruch misslang, aber Ring hatte bereits einen Beamten niedergeschlagen. Zur Erinnerung an ihn und zur Abschreckung anderer wurden Tat und Strafe, acht Jahre Zuchthaus, auf eine Gedenktafel eingekratzt. Der verletzte Beamte hat einen dauernden Gehirnschaden zurückbehalten.

Ein anderer Wind weht auf dem Sicherheits-Zellengang. Die Beamten sind weniger stark, vorsichtiger, ja unsicher. So hat Blum mehr arbeitsfreie Tage. Er kann seine Kopfschmerzen leichter durchsetzen. Eines Tages liegt er im Bett, in seinen Ohren stecken die Stöpsel von Rings kleinem Radio, und so hört er nicht, wie die Tür aufgeriegelt wird und ein Beamter hereinkommt. Der reißt die Augen auf, schüttelt den Kopf wie ein nasser Pudel und springt auf Blums Bett zu. Blum kann das Radio grad noch unter das Bett schmeißen. Der Beamte kniet vor Blums Bett nieder und angelt nach dem Radio. Unter dem Bett guckt nur noch sein feister, runder Arsch hervor. Daneben steht Ring. Er schüttelt den Kopf und haut mit der flachen Hand auf den Arsch. Der Beamte brüllt auf. Das Bett hebt sich ein wenig.
„Ich krieg das Ding, du Schwein!" schreit er atemlos.
„Hie, he, ho!" schreit Ring, bückt sich, packt die Fußgelenke des Beamten und zieht ihn auf dem Bauch hervor. Der Beamte klopft sich den Staub von der Uniform.

„Dreckig ist euer Stall", sagt er verdrossen und geht.

„Jetzt ist er eingeschnappt", sagt Ring. Da er nicht weiß, ob Verstärkung kommt, wirft er das Radio ins Klo.

Es wäre nicht nötig gewesen, aber von nun an filzt der Beamte jeden Tag die Zelle, wenn Ring zur Freistunde ist.

Blum wird zu Sicherheitsinspektor Wilm gerufen.

Wilm streicht sich über seinen Oberlippenbart.

„Ich höre, Sie sind nicht mehr kooperativ."

Blum betastet die Verletzungen, die ihm Kuul beigebracht hat.

„Sie haben immer noch nicht begriffen, scheint's. Wir werden Sie deshalb erst mal ins Moorlager schicken."

Bevor Blum etwas erwidern kann, ist er verabschiedet.

Das Lager

Es liegt am Waldrand. Bis vor das Lagertor bleibt der Boden sandig mit sanften Dellen. Hinter dem Lager das Moor. In der Ferne wird es von Tannenwald eingefasst. Die Hauptbaracke ist ein flacher Holzschuppen. Daran grenzen eine Steinbaracke und der Beamtenbau mit einem Vorgarten, in dem einige Blumenstrünke stehen. Um das Lager läuft ein Zaun, darüber Stacheldraht.

Ein Beamter öffnet im Laufschritt das Tor und reißt die Bustür auf. Blum und die drei anderen stemmen ihre in Decken geschnürten Bündel hoch und springen heraus. Sie werden in die Holzbaracke geschoben.

Vom Vorraum geht die Küche ab. Der Koch lässt in einen großen Zinnkessel mit Schälkartoffeln Wasser ein. Der Beamte schließt den Saal auf. In Saal I stehen Tische und Holzbänke. Am hinteren Ende ein Fernseher auf hohem Sockel. Rechts sind die Türen zu den Schlafräumen und links, zum Moor hin, vergitterte Fenster. Neben zwei Kanonenöfen mitten im Saal stehen Wasserkübel mit je einer Schöpfkelle, zwei Schmutzwasser-Kübel und aufgeschichteter

Torf. Saal II, der sich anschließt, ist genauso, bis auf
eine Tischtennisplatte in der Mitte. Im letzten Raum
des zweiten Saals weist der Beamte Blum ein Bett zu.
Auf der Kammer im Beamtenbau wird ihm die Moo-
rausrüstung zugeteilt: Wäsche, Regencape, Arbeits-
anzug und Moorbotten. Das sind riesige Holzschuhe,
wie Kähne, mit einem Lederschaft. „Arbeitsgerät
gibt's draußen an den Gräben", brummt der Kam-
mer-kalfaktor mürrisch.
Blum verstaut seine Klamotten unter dem doppel-
stöckigen Bett und unter der Matratze. Im Saal setzt
er sich an einen Tisch und starrt aus dem Fenster. Es
nieselt. Gleichmäßig tropft es von den Asten einer
jungen Birke. Jenseits des Stacheldrahts der Sandweg,
dann schräg abfallend ein Hain mit Krüppelbirken,
dahinter die Gräben und jenseits der Wald, ein
schwarzes Band.
Es ist kalt und nass in der Baracke. Blums Hände
sind rot. Er bewegt sie. Reibt sie aneinander. Haucht
hinein. Sein Atem ist milchig.
Blum geht zum Ofen. Er ist kalt. Er hebt einen Zei-
tungsfetzen auf. Das Foto einer Lyriklesung auf
blumenbekränzter Bühne. Schläge statt Liebe: Simon
Vinkenoog am Boden. Rechts Gerard van Het Reve!
Blum hält sein Feuerzeug drunter. Langsam rollt die
gelbe Flamme das Blatt auf. Er lässt das Papier fallen.
Er beugt sich über eine Schlagzeile: *,Wen eine zu große
Nase plagt, dem kann auf Kosten des Staates geholfen wer-*

den'. Einschlagen, denkt Blum.

An dem Pfeiler hinter dem Ofen ist ein Illustrierten-
foto Juliette Grecos. Daneben Cassius Clay im
schwarzen Smoking. Weiße Nelke im Knopfloch,
Bowler, Gamaschen, Stockschirm. Quer darüber mit
Kugelschreiber: Oberverwalter Boxer-Wupke ist der
Größte...

Ein Schlurfen lässt Blum herumfahren.

„Was schleichst du hier rum?" sagt Blum.

„Einschieber."

„Wie das?"

„Siehste doch."

Er hat ein dick geschwollenes Auge. Grün, blau, violett. An der linken Seite der Nase ein Bluterguss.

„Bist du im Boxverein?" sagt Blum.

„Boxverein! Schlägerverein vielleicht. Gestern. Der
Rosato springt plötzlich über den Graben und haut
mir welche auf die Augen. Ohne Grund. Ein Irrer,
sag ich dir."

„Rosato", sagt Blum nachdenklich.

Blum holt unter der Matratze Papier und Kugelschreiber hervor und setzt sich an den Tisch im Saal.
Er beginnt einen Brief seiner Mutter zu beantworten,
in dem sie sagt, ich kann dich verstehen, nichts ist so
grausam und erschütternd wie eine Umgebung, die
tief in Schlamm und Morast steckt. Er schreibt:
„Liebe Mutter, nicht in Schlamm und Morast steckt

die Umgebung, sondern im Moor. Du sagst grausam und meinst, ich habe mein Teil weg. Aber in Wirklichkeit sehe ich, dass alle, auch die kleinsten, Garantien nur so lange gelten, wie du auf Seiten derer stehst, die sie errichten, aufheben, ändern, erweitern oder einschlagen. Die Bewegungen eines Menschen, der an Krücken geht und damit auf andere Gebrechliche eindrischt, haben etwas für den Wärter und Richter Beruhigendes: Sie können in ihm einen Mitmenschen erkennen, der den guten Willen zeigt, sich wieder in ihre Ordnung einzufügen. Ja, und plötzlich erweitern sich seine Möglichkeiten, erste Garantien werden ihm erneut eingeräumt, er atmet auf. – Ich ringe noch nach Luft, ich bin voller Angst, besonders hier im Lager, von dem ich vorher schon so vieles gehört habe. Jemand schüttet mir heißen Kaffee über die Hände. Doch will ich aufstehen und zum Feuerhaken greifen, so lähmen Deine verworren zärtlichen Briefe meine Bewegungen. Du sagst mir, ich solle mich abwenden von Sumpf und Morast. Wie? Ich will Deine Briefe nicht mehr! Ich will nicht mehr, dass Du mir schreibst!"
Blum faltet den Bogen und steckt ihn in einen Umschlag.

Die Tür zum Saal fliegt auf. Dicht gedrängt kommen sie herein. Dreckig und nass. Dampfender Schweiß über Schultern und Köpfen.

„Hat kein Schwein hier Feuer gemacht?"

„Draußen frieren dir die Knochen im Schlamm ein und hier is genauso 'ne Saukälte! 'n Wunder, dass kein Schnee auf dem Pissofen liegt!"

Der mit dem zerschlagenen Auge kommt aus der Bude. Einer fasst ihm mit der Faust ins Hemd. Er ist groß, schlank, sehnig. Pechschwarzes Haar und fanatische, tiefliegende Augen.

„Hör, Blattmann, du hattest doch Einschieber, warum hast du dreckige Ratte kein Feuer gemacht?"

Der Ergriffene reckt sich entsetzt zurück.

„Lass mich los, Rosato! Lass mich bloß los!"

Er ist es, Rosato. Robert Rosato. Blums Hände sind nass. Er erhebt sich schnell und geht in die Bude. Mit einem Seitenblick sieht er, wie Blattmann in den Torf häufen fällt.

Blum lässt die Tür einen Spalt auf. Er lehnt sich mit dem Rücken an das obere Bett. Die Tür wird aufgerissen. Rosato kommt herein.

Stutzt.

„Sieh an, ein Neuer."

Hinter ihm kommt Spoor, der Zigeuner, und die anderen. Rosato geht auf Blum zu. Die anderen bleiben wartend stehen.

Rosato ist ebenso groß wie Blum, aber etwas schmaler. Er mustert Blum, dessen Hemd offen steht.

„Ich bin Robert Rosato", sagt er.

„Ich nicht", sagt Blum.

„Soso", sagt Rosato. Er lächelt.

"Kuck doch mal auf seinem Schwanz nach. Irgendwo muss er seinen Namen ja haben, wenn er ihm
nicht auf der Zunge liegt", sagt Spoor.

„Halt die Schnauze", sagt Rosato.

Blums rechtes Augenlid zuckt.

„Sieh an", sagt Rosato.

Er spielt Erstaunen und bewegt seine Hand langsam
auf Blums offenen Halsausschnitt zu.

„Eine goldene Kette! Die kenn ich doch."

„Kaum möglich", sagt Blum.

„Du wirst es nicht glauben", er wendet den Kopf ein
wenig zu Spoor „Das ist die Kette von Heinzi."

Blum stellt die Füße weiter auseinander. Seine Augen
verfolgen die langsamen Bewegungen Rosatos.

„Bist du ein Freund von Heinzi?"

„Komische Frage im Knast", sagt Blum.

„Also gut", sagt Rosato, „du scheinst ganz in Ordnung. Du kannst den Platz am Tisch neben mir haben."

Er setzt sich auf das Bett gegenüber und bindet seine
Schuhe auf.

„Halt dich von den anderen zurück. Alles Ratten.
Wenn irgendwas ist, komm zu mir. Kannst auch bei
mir arbeiten. Wer bei mir arbeitet, hat es nicht
schlecht."

„Ich bleib allein", sagt Blum.

„Wie du meinst." Rosato lächelt und gibt Spoor ein Zeichen,

Blum geht auf die Toilette. Er riegelt sich in einer Scheißhauskabine ein und legt ein Taschentuch über sein Gesicht.

Draußen ist Wind aufgekommen. Erst ein leises, spitzes Heulen in den Ritzen der Wände. Nun peitscht der Wind Regen gegen die Scheiben. Die Lampen, pilzförmige Metallhüte über nackten Birnen, schaukeln hin und her – rotbraunes, öliges Licht, in das die beiden Kanonenöfen qualmen. Bei einer Windbö, manchmal, kotzen die Öfen Rauch in den Raum.

Die Männer sitzen über ihre Blechnäpfe gebeugt. Löffeln lauwarme Milchsuppe. Zwischendurch steht einer auf und wirft Torf nach, bis die Öfen glühen. Es ist eine vernebelte, feuchte Hitze.

„Das war link von ihm", sagt Rosato. „Er hat hinter der Tür gewartet. Als ich reinkam, hat er voll zugeschlagen. Anders hätte der mich nie geschafft." Er schiebt sich ein Stück Wurst in den Mund.

„Hast du Tee?" fragt er Blum. „Nein? Gut, ich setz 'ne Brühung an. Bürgermeister!" schreit er. „Mach 'n Aufguss!"

Vom Nebentisch steht einer auf, schlurft zum Kanonenofen. Er nimmt eine der Feldflaschen von der Säule. Aus dem Zinnkessel füllt er sie mit Wasser,

fasst den langen Draht, der am Hals der Flasche be-
festigt ist, und schleudert die Flasche mit einem
Schwung in die aufzischende Glut des Ofens. Er
schließt die Ofenklappe, aus der der Draht heraus-
ragt. Er kommt mit einer Teekanne zu Rosato, der
fünf Löffel grüner Blätter hineinfüllt, und wartet
dann am Ofen. Nach einer Weile zieht er einen dicken Lederhandschuh an, öffnet die Ofenklappe,
zieht vorsichtig die Feldflasche heraus, greift sie mit
der geschützten Hand und schüttet das kochende
Wasser in die Kanne.

„Mein Diener", sagt Rosato.

„Du teilst ihm alles zu?"

„Sowieso. Hätte sonst nach drei Tagen nix mehr."

Jeden Abend um acht schaltet ein Gefangener, sie
nennen ihn Fernsehclown, das Fernsehen ein. Eine
Stunde vorher werden die schweren Eisenschienen
vor die äußere Barackentür gelegt, und danach betritt
kein Beamter mehr die Baracke.

Nach der Tagesschau steht ein Krimi auf dem Programm. Hitchcock. Eine Dame verschwindet. Der
Fernsehclown drückt das zweite Programm. Musik-
sendung mit Udo Jürgens: ‚Was ich dir sagen will,
sagt mein Klavier'.

„Auf dem Klavier steht ein Glas Bier!" brüllt Zick
Zack, der zusammen mit Blum ins Lager gekommen
ist.

„Bier her, Bier her, oder ich fall um", grölen die drei Mäuse. Es sind zwei Brüder, klein und drahtig. Der dritte ist ihr Cousin. Auch klein und drahtig.

„Schnauze! Stell den Krimi ein, du Wichser!"

Zwei prügeln sich. Die anderen schubsen sie aus den Sitzreihen. Der Krimianhänger nimmt die Kelle aus dem Zinneimer und haut sie seinem Gegner auf den Kopf. Der kippt hintenüber. Blut läuft ihm über die Stirn ins Auge.

Blum, der hinter der letzten Sitzreihe steht, weil er immer wieder einen der festverteilten Fernsehplätze räumen musste, sieht einen Schatten am Fenster. Für einen Moment drückt sich eine Nase an der Scheibe platt. Blum tritt näher. Wachtmeister Spörl geht schnell weg. Das Schnellfeuergewehr trägt er wie eine Mistgabel über der Schulter. Blum erfährt, dass Krimisehen für die Gefangenen verboten ist. Strenge Anordnung vom Kultusminister. Strengstens, seit er sich neulich zum dritten Mal mit einer Zeitungskampagne herumquälen musste: Verbrechensschulung durch Kriminalfilme! Drinnen zeigt man ihnen, wie sie's draußen machen müssen! Wer schützt unsere Banken und Frauen?

„Noch einen Krimi, und das Fernsehen ist weg", hat Boxer-Wupke gesagt, „Ihr seid doch selber schuld. Einer von euch hat an den Landtag geschrieben, hier würden dauernd Kriminalfilme gezeigt."

„Wer?"

„Wer schon!"

Boxer-Wupke wackelt sibyllinisch mit dem Kopf. (Er wackelt immer mit dem Kopf.) Beim Waschen hatten sie Spengler, dem Physiker, den Kopf in die Waschtonne gedrückt.

„Der war schon richtig", hatte Boxer-Wupke gelächelt, „nur hat der nicht die Beschwerde an den Landtag geschrieben."

Dabei war's geblieben. Die Kamera fährt über den Flügel an Udo heran. Er hebt die Augen von den Tasten. Träumend und ein wenig schmerzvoll. Immer wieder geht die Sonne auf. Ein wehmütiges Lächeln. Er hat seine Großeltern verloren, doch er hat es überstanden. Jeder andere hätte sich mit dem festen Vorsatz, nie wieder aufzustehen, in ein dunkles Zimmer gelegt. Nicht er. Und durch ihn und mit ihm leisten Millionen Widerstand. Am Ende des Tages wälzen sie sich nicht am Boden, sondern gehen, wenn ein neuer Tag anbricht, mit vor Freude knirschenden Zähnen in die Werkhallen, in die Bergwerksschächte, in die Docks, in den Tütensaal oder ins Moor.

Sie hatten auf Nebel gehofft, bei dem sie nicht ausrücken dürfen, aber nach dem Frühstück hat sich der Nebel in winzige Tröpfchen aufgelöst.

In Zweierreihe marschiert die Kolonne langsam auf dem schmalen Weg am Rand des Moors. Als Bewacher geht Spörl vorne, hinten Jöschnik, an der linken Seite patrouilliert Boxer-Wupke. Dort ist der Weg nur durch einen breiten Graben vom Wald getrennt. Blum marschiert in der Mitte der sechzig Mann. Der neben ihm ist anderthalb Köpfe kleiner als er. Er hinkt, das rechte Bein ist kürzer. „Ich heiße Günter-Ohne-H.''

„Die Schweine'', sagt Aldo Fux, den Blum gleich am ersten Abend wiedererkannt hatte, „die Schweine dürfen bei Regen gar nicht ausrücken lassen!''

„Für die ist Regen dasselbe wie 'n Wolkenbruch,, brummt Zick Zack und wischt sich die Tropfen von der Nase.

Günter-Ohne-Hs Kinn ist klobig und vorgeschoben, so dass seine untere Zahnreihe, wenn er den Mund schließt, die obere überragt. Meistens lässt er die Kinnlade hängen. „Dreckregen'', sagt Rosato.

„Märzregen bringt Wachstum und Segen'', sagt Boxer-Wupke. „Und im April? Was ist mit April-Regen, Meister?''

„Aprilregen bringt Jauchzen auf allen Wegen.''
Rosato schüttelt sich aus vor Lachen.

„Der hat doch einen auf der Pfanne'', grunzt Fux.

„Hundertprozentig', sagt Manienta. „Der hat hundertprozentig einen Kampf zu viel.''
Boxer-Wupke grinst.

„Der hat schon manchmal 'nen Gefangenen sein Gewehr tragen lassen'', erzählt Aldo Fux. „Der steht auf Bambule. Der kann das ab. Der haut dir plötzlich eine runter, dass du dich dreimal überschlägst. Einmal hat er einen umgelegt. Der ist im Gestrüpp liegen geblieben. Dafür hat er acht Monate wegen fahrlässiger Tötung gekriegt und ist einen Stern losgeworden."

„Was ist mit Mairegen?" schreit Rosato.

„Mairegen macht euch bücken und bewegen", sagt Boxer-Wupke.

Jetzt im März sind alle im Stich. Sie müssen den nassen, schweren Torf in großen Quadern abstechen, ausheben und an der Seite des Grabens aufschichten. Jedem wird ein Stück von zehn oder zwanzig Meter Länge und anderthalb Meter Breite zugeteilt. Der scharf geschliffene Vorstecher, er sieht aus wie ein Schneeschieber, wird mit beiden Händen am Stiel gefasst, hoch über den Kopf gerissen und mit voller Wucht in das Moor gerammt. Die auf diese Weise in rechteckigen Klötzen abgestochene Schicht wird dann Quader für Quader mit dem Ausheber herausgeworfen. Der Ausheber ist einem geknickten Spaten ähnlich, nur ist das Blatt schmal und läuft vorne spitz zu. Die Ränder sind scharf zugeschnittene Schneideflächen. Ein stumpfer Ausheber dringt nicht unter die Quader. Wurzelstränge und Judenbart stoppen den Schwung, egal wie wütend der Gefangene den Ausheber auch hineinhaut.

Auf der fünften Sohle steht der Gefangene anderthalb Meter tief und oft mit den Moorbotten im schlammigen Wasser. Die aufgeschichteten Schollen liegen dann noch einmal anderthalb Meter hoch neben dem Graben, so dass die zehn Kilo schweren Quader über drei Meter hoch gewuchtet werden müssen.

Wenn Blum sich abends mit der Kolonne den Weg am Wald entlang ins Lager schleppt, sind seine Beine aus Blei, die Augen brennen, er spürt einen stechenden Schmerz in Rücken und Kopf. Er duscht sich, isst und sackt ins Bett.

Morgens schleicht er sich bleich und verzweifelt ans Fenster, um zu sehen, ob nicht etwa Nebel ist oder ein Wolkenbruch. Er wischt die beschlagene Scheibe ab. Weiße Flocken schaukeln zur Erde und schmelzen.
„Was hat das zu bedeuten?"
„Nichts."

Nach dem Abzählen vor der Baracke treten die Kranken auf die Seite. Sie bleiben den Tag über in der Baracke und spielen Karten oder schlafen. Wer zu viele Krankmeldungen hat, wird in die Anstalt abgeschoben. Die meisten ziehen das Lager der Anstalt vor. Die Sensiblen setzen ihre Krankmeldung nicht durch. Sie bestehen den Kampf nicht.

Erst tritt Spörl auf, notiert die Beschwerden und diskutiert mit jedem die Unnötigkeit, die Lächerlichkeit,
die Übertriebenheit der Symptome. So krank oder so
schlecht kann keiner sein, dass er nicht im Moor arbeiten könnte. Einige kippen in dieser ersten Runde
um und reihen sich wieder in die Kolonne ein.

Dann kommt Boxer-Wupke und klopft den Übrig-
gebliebenen freundschaftlich auf die Schulter. Wer
dadurch nicht in die Knie geht, den boxt er aufmun-
ternd an den Kopf, bis er ein rotes Ohr hat. Er
schiebt und knufft und pufft sie einzeln in die Reihen
zurück. Wer jetzt noch steht, ist nicht nur hartnäckig,
sondern auch schreibgewandt. Er hat Boxer-Wupke
mit einer zehnseitigen Beschwerde beim Petitions-
ausschuss des Landtages gedroht. Vielleicht auch mit
einer Anzeige wegen Körperverletzung und Gefan-
genenmisshandlung.

Der letzte ist der Lagerverwalter, Oberverwalter
Schaween. Er diskutiert erneut die Symptome, er-
wähnt die ohnehin miserablen Führungsbogen des
Betreffenden, sieht jedem lange in die Augen und
sagt: „Wie wollt ihr mit einer solchen Haltung vorzeitig entlassen werden?"

Unter den Krankmeldungen sind Rosato, Manienta
und Spoor. Sie haben die ganze Nacht gepokert. Sie
haben verabredet, das Spiel heute fortzusetzen. Hexenschuss, Sehnenscheidenentzündung und Schmer-

zen in der Nierengegend. Spörl notiert. Sein Kopf glüht vor unterdrückter Wut.

„Müssen Sie sich da so gegen die Barackenwand flezen?" Seine Stimme zittert.

Die drei rühren sich nicht. Sie grinsen ihn an. Er diskutiert die Symptome nicht. Boxer-Wupke kommt.

„Na, Jungs, was ist los? Die ganze Nacht Tee gesoffen und gezockt?"

„Gewichst", sagt Manienta.

Er ist der Schönste. Er hat eine gelbbraune Haut. Er ist schlank und muskulös. Boxer-Wupke hebt den Arm.

„Wenn du uns anfasst, hauen wir dir auf die Nuss", sagt Rosato. Sie sind alle drei aus Braunschweig. Rosato und Manienta Zuhälter, Spoor Kellner.

„Dich schaff ich doch noch", sagt Boxer-Wupke.

„Dann versuch's doch", sagt Spoor.

Schaween ist herangekommen. Besorgt. Schiebt Boxer-Wupke zur Seite.

„Was ist hier los?"

Hexenschuss, Sehnenscheidenentzündung, Schmerzen in der Nierengegend.

Die drei bleiben drinnen. Außerdem noch der Bürgermeister. Er soll für sie Tee kochen und Kartoffelpuffer backen.

Der Wind hat sich gelegt. Die sechzig Mann schlurfen schweigend durchs Moor. Die unrasierten Ge-

167

sichter grimmig. Der Himmel, das Moor, Wald, Bäume und Tannennadeln – eine in graublaues Licht gestochene Landschaft.

Die Ecke, an der sie jetzt arbeiten, ist ziemlich nass. Blums Stück ist voller Wurzeln und Judenbart. Als er den Graben bis zur Hälfte ausgehoben hat, sind seine Kleider durchgeschwitzt. Außen frieren sie hart. Als er eine Pause macht, frieren sie bis auf die Haut durch. Auf der fünften Sohle treibt er den Ausheber unter eine Scholle, ruckt an, die Scholle hängt fest. Es reißt ihn nach vorn, und er fliegt der Länge nach in den Graben. Er hat nicht mehr die Kraft gehabt, den ausgeworfenen Torf richtig zu schichten. So schwankt die neben dem Graben aufgestuckte Reihe von Quadern und bricht ein. Keuchend und stöhnend arbeitet sich Blum aus dem eisigkalten Berg heraus. Noch auf dem Bauch, blickt er nach oben, zum Himmel, der wie eine schwere, zum Absturz bereite Platte ist. Darunter die brüllenden, lachenden Köpfe der Gefangenen. Die Mütze Boxer-Wupkes fliegt in die Luft, wird aufgefangen, fliegt wieder in die Luft.

Blum hat eine leichte Rückenverletzung und wird vier Tage krankgeschrieben.

Er liegt auf dem Bett und liest. ,Die Geschichte der O'. Sie wird unter der Hand gegen Tabak verliehen.

Auf dem Klo findet er ein Zeitungsfoto. Neben zwei

Gitarristen eine langhaarige Blondine mit schwarz umränderten Augen, das linke Bein bis über das Knie nackt und vorgeschoben. Schönes Kind mit harten Versen. Garnierte Verse von Heike Doutiné, Ullrich Krause und Uwe Herms. Revolution auf Halbmast. Mit der Linken hält sich Blum das Foto vor. mit der Rechten wichst er. Er pinnt das Bild neben seinem Bett an die Wand. Er schreibt an Heike. Sie antwortet nicht. Schickt ihm auch kein Aktfoto. Er schreibt: „Stäbe zerschlagen den Abend, zerschlagen nicht Dich, sind Schläge meiner Schläfen." Und so weiter.
„Ach so", sagt Günter-Ohne-H, „so einer bist du!"
„Für dich ist Tabak Tabak."
„Aha. So blöd bist du also auch wieder nicht."
Blum hat mit ihm ein Abkommen getroffen. Gegen ein Päckchen Tabak monatlich kocht ihm Günter-Ohne-H Tee und wäscht das Geschirr ab.

Nach dem vierten Tag ist Blum wieder okay, doch setzt er noch zwei Tage mehr durch.
„Wozu?" fragt Günter-Ohne-H.
„Und du bleibst auch drin", bestimmt Blum. „Zum Teekochen."

Bevor die anderen einrücken, geht er zum Duschen. Rolli ist Küchengehilfe, Heizer und Spoors Diener. Beim Duschen hat er die Brausen zu bedienen. Blum stellt sich unter die Düse. Kein Wasser kommt.

„Lass gehen", sagt Blum.

„Du bist Einschiebet. Erst kommt die Ladekolonne, dann die vom Stich, und wenn zum Schluss noch ein Tropfen da ist, dann kannst du dich damit abreiben."

„Gilt das auch für Spoor und Manienta und Rosato?"

„Frag sie doch."

Rolli steht auf der Holzbank vor dem Haupthahn.

„Also dreh an", sagt Blum.

„Du bist doch ein Wichser", sagt Rolli.

Mit einem Satz ist Blum vor dem Heizer, haut ihm mit der Faust in die Magengrube. Röchelnd klappt Rolli zusammen. Blum fängt ihn auf. Legt ihn auf den Rücken, bis er wieder Luft kriegt.

„Steh auf, oder ich tret dir die Fresse ein!"

Rolli steht auf und dreht die Dusche an. Blum wäscht sich langsam und gründlich. Auch die Haare.

Beim Abendessen warnt Günter-Ohne-H: „Das wird Folgen haben."

„Was meint der Bursche?" fragt Manienta.

„Weiß nicht", sagt Blum. Er schlingt seinen Fisch runter.

Abends lädt Spoor Blum zum Tee ein. Bis auf die beiden Tischtennisspieler und eine Pokerrunde ist der Saal leer. Die meisten sind nebenan beim Fernsehen. Irgendwo spielt einer auf der Bude Mundharmonika. *,Lili Marien'* und *,Am Brunnen vor dem Tore'.*

Spoor möchte, dass Blum ihm ein Gesuch auf vorzeitige Entlassung schreibt. Zweidrittel-Gesuch.

„Wenn es nur wegen mir wäre, würde ich volle Härte machen. Aber meine Frau ist seit zwei Wochen krank. Hat in der Bar gearbeitet und nun gibt's keine Mücken mehr. Die Kinder haben bald nichts mehr zu fressen."

Er mustert Blum. „Wenn du die Scheiße auf Papier bringst, ist die Sache mit Rolli erledigt."

„Warum bist du drin?"

„Einbrüche."

„Hast du denn was gekriegt?-

„'n paar Scheine. Viel schnappst du da nie. Das meiste schluckt der Hehler, und der Rest geht durch drei oder vier."

„Und die andern hier?"

„Alles kleine Fische. Den Rest spinnen sie dazu. Betrug, Klauerei, ein paar wegen Sitte, nix Besonderes. Zum Beispiel Manienta und Rosato. Mal kellnern sie, mal loddeln sie. Alles Kummerpartien. Manienta hat 'ner Amateurtille auf die Schnauze gehauen und sie umgenietet. Jedenfalls hat die das im Prozess behauptet. Rosato hängt wegen Erpressung, Nötigung und Raufhandel. Keine schlechten Jungs, verstehst du, noch von der Sorte, die selber zupacken. Aber kleine Fische. Die großen Luden, die wirkliches Geld schnappen, Mensch, das is was anderes. Die kommen hier nicht her. Kuck dir Frankfurter-Paul an.

Die fahren mit ihrem 300 SL rum, haben ein paar Kneipen und noch nicht mal eine Kanone im Handschuhfach. Hier sind alles Arbeiter oder Penner."

Am nächsten Tag im Moor nimmt Blum Günter-Ohne-H beiseite und lässt sich erklären, warum Spoor, Manienta und Rosato so viel Tabak haben. Und warum die drei nicht arbeiten.

„Sie lassen andere für sich arbeiten."

Das System: Viele kommen ins Lager und haben nichts zu rauchen. Ihren Lohn zahlt die Anstalt am Ende des Monats aus. Sie müssen sich bis dahin Tabak borgen, wenn sie rauchen wollen. Da die anderen selbst nicht viel haben, kommen nur Spoor, Manienta oder Rosato in Frage. Sie verkaufen ihren Tabak oder Kaffee gegen Arbeitsleistung. Sie zahlen für 20 qm gestochenen Torf halb so viel wie die Anstalt, aber sie zahlen den Tabak sofort. Die Arbeitsleistung schreibt der Beamte trotzdem für Rosato ins Buch.

„Warum machen die Beamten das?"

„Die wollen nur, dass überhaupt genug Akkord gekloppt wird. Und sie brauchen die Leute von Rosato natürlich nicht anzutreiben, das machen die drei selber."

„Wo haben die denn den vielen Tabak her?"

„Vielleicht hat ihnen ihre Braut was beim Besuch zugeschoben, oder 'n Kumpel hat ihnen bei seiner Entlassung soviel Schore vermacht, oder sie haben erst gearbeitet und alles gespart."

Blum hat überlegt. Eines Tages geht er zu Rosato. Der sitzt mit Manienta und Spoor im Gras und spielt Karten.

„Ich will meine goldene Kette verscheuern. Was gebt ihr?"

„Straße", sagt Rosato und legt seine Karten hin.

„Scheiße!"

„Ich lass stehen."

Blum wiederholt seine Frage.

Manienta teilt aus.

„Verdienst doch im Graben. Brauchst doch nix."

„Ich hab Schulden."

Manienta sieht ihn scharf an.

„Bei wem?"

Blum wird rot.

Blum unterhält sich mit dem Freigänger Meltzinger, dem einzigen, der überall unbeaufsichtigt herumlaufen darf.

„Wenn du 'n Typ draußen hast, schreib dem, dass er 'n Anruf von Tante Lotte kriegt und genau machen soll, was die ihm sagt."

„Tante Lotte?"

„Genau. Das bin ich. Führt er meine Anweisungen aus, hast du deine Schore in einer Woche."

Blum schreibt einem Freund. Er kommt zu Besuch und legt in eine Karre, die vor dem Lager abgestellt ist, zwanzig Päckchen Tabak, zehn Gläser Kaffee, Zigarren und vier Flaschen Schnaps. Meltzinger bringt die Sachen herein. Er arbeitet mit den Beamten zusammen, die drei Flaschen Schnaps kassieren.

„Ein guter Dampfer", sagt Günter-Ohne-H grinsend.

„Dampfer?"

„Ja, ein Dampfer, 'ne Erbschaft."

„Anfangskapital", sagt Blum.

Nichts, was Blum sich jetzt nicht kaufen kann. Arbeit, Schnaps, Eier, Milch, Wurst, Obst, Käse. Bald trägt er Privatkleider. Auf dem Tisch, an dem er isst, stehen Blumen. Das Geschirr wäscht er nicht ab, er putzt nicht seine Schuhe.

„Blum", sagt Günter-Ohne-H, „du bist zu einer Moorblume geworden."

Blum und Günter-Ohne-H sind im Fernsehraum. Blum sitzt auf dem Platz von Helmut dem Maurer. Die anderen sammeln sich langsam am Rand. Sie bleiben stehen.

Auf einmal nimmt Günter-Ohne-H Tasse und Teekanne und humpelt davon.

„Du sitzt auf meinem Platz, du Wichser", brüllt der Maurer.

„Wieso auf deinem Platz?"

„Auf meinem Platz, sag ich."

„Nun, wenn es dein Platz ist, so setz dich drauf."

Er erhebt sich und steigt auf die andere Seite der Holzbank, so dass diese zwischen ihnen ist. Er setzt sich auf die hintere Sitzbank mit dem Rücken gegen die Säule. Der Maurer bleibt stehen.

„Du Ratte. Das ist auch nicht dein Platz."

Blum hebt blitzschnell das Bein an und tritt mit voller Wucht gegen die Holzbank, wobei er sich mit dem Rücken gegen die Säule stemmt. Die Bank kracht gegen das Schienbein des Maurers. Der brüllt auf, kippt nach vorn, mit den Armen nach Halt suchend. Blum ist schon auf den Beinen und tritt mit dem Spann des rechten Fußes in das vornübergebeugte Gesicht des Maurers. Der bekommt dadurch wieder Halt und richtet sich auf. Seine Lippen und Nase sind aufgesprungen. Blut spritzt ihm über die Jacke, unter die er mit der linken Hand greift. Blum springt ihm mit beiden Füßen in den Magen. Der Maurer stürzt zwischen die Bänke, verdreht die Augen, bleibt liegen. Blum ist gefallen und mit dem Hinterkopf auf die Sitzbank geschlagen. Er ist für einen Moment besinnungslos. Er kommt zu sich und erhebt sich schnell. Etwas unsicher blickt er in die Runde. Der Maurer liegt noch.

„ls genug", ruft einer.

Sie strömen zwischen die Fernsehbänke. Den Maurer schleppen zwei in seine Bude.

Blum hat eine Platzwunde am Hinterkopf. Für drei

Tage werden sie beide krankgestellt.

„Nicht schlecht, Frau Specht", grinst Spörl.

„Jau, lass 'se man drin", brummt Boxer-Wupke.

Nach dem ersten Tag wird Günter-Ohne-H verpflichtet, sich krank zu melden. Er heizt den Ofen, brüht Tee auf und macht Kartoffelpuffer. Der Maurer und Blum sitzen am Fenster und spielen Schach.

Der Sommer setzt mit einer Hitzewelle ein.

Kuul ist ins Moorlager verlegt worden. Kurz nachdem die Kolonne ausrückte, ist der Transporter eingetroffen.

Bald weiß jeder im Lager Bescheid. Drei von Blums Arbeitern wechseln zu Kuul über. Sie haben noch Schulden bei Blum.

„Lasst man", sagt Kuul, „den Tabak kann er sich von mir holen."

Boxer-Wupke steht dabei und wischt sich den Schweiß ab.

Blum liegt im Gras und beobachtet eine Eidechse. Sie verschwindet hinter einem Grasbüschel. Dann ist sie auf der schrägen Fläche des dahinterliegenden Feldsteins.

Obwohl die Eidechsen flink sind, gelingt es den Beamten und Knastologen, sie zu fangen. Sie sperren sie in einen Glaskasten neben den Beamtenbau. Er ist siebzig mal fünfzig Zentimeter groß. Den Boden haben sie mit trockenem Torf bestreut. Die obere

Öffnung ist mit einem dünnen Netz bespannt, damit die Fliegen, die sie zur Fütterung der Eidechsen hineinwerfen, nicht entwischen können. Es ist auch ein vertrockneter Ast da und ein Feldstein. Wachtmeister Spörl bestand darauf, auch verschiedene Moorgräser in dem Glasbehälter anzupflanzen. Einige waren dagegen, zum Beispiel der Koch. Aber endlich wurde es so gemacht, denn die scheuen und empfindsamen Tiere brauchen eine genaue Nachbildung ihrer Umwelt, hat Spörl erklärt. Er pflanzt die Gräser ein.

„Dies Aquarium ist ein Fimmel von denen", sagt Rosato. „Irgendwie soll das was mit Gefangenenumerziehung oder so zu tun haben."

Wie dem auch sei, die ganze Sache verursacht viel Aufregung und Arbeit, denn es bleibt schließlich an den Gefangenen hängen, immer neue und immer mehr Eidechsen zu fangen, da die fünf ebenfalls in die Behälter gesetzten Ringelnattern die Eidechsen jedesmal in kurzer Zeit aufgefressen haben. Die Beamten und Gefangenen beobachten das: Die Eidechse rennt in panischer Angst herum, bis sie schlapp ist. Dann stülpt ihr eine der Schlangen träge das Maul über, Kopf und Vorderbeine der Eidechse verschwinden. Eine zweite Ringelnatter schlängelt sich heran und verschluckt den Schwanz der Beute. Während sie die Eidechse von beiden Seiten in sich hineinwürgen, kommen sie sich allmählich mit den Schlangenköpfen näher. Ganz nahe, bis das eine das

andere Schlangenmaul überlappt. Die gebissene
Schlange zieht sich zurück und gibt das Opfer Stück
für Stück frei, bis der Kopf der Eidechse wieder
draußen ist. Die Augen gehen hin und her, aufgeregt
züngelt ihre Zunge, und fast schon jenseits ihres Ei-
dechsenlebens erblickt sie noch einmal ihre natürli-
che Umwelt. Günter-Ohne-H tritt von hinten an
Blum heran.

„Dein letzter Arbeiter ist jetzt auch noch abgesprun-
gen. Zwille. Kuul sagt, das ist erst der Anfang."
Blum nimmt Günter-Ohne-H am Arm.

„Geh zu Meltzinger. Er soll Schlaftropfen von Spörl
besorgen. Gib ihm, was er haben will."

„Seit Kuul da ist, werden unsere Vorräte knapp."

„Versuch's mit meiner goldenen Kette."

Es klappt, und Günter-Ohne-H kocht Waldmeister
mit Vanillesoße. In die Soße rührt er die Schlaftropfen, setzt sich abends vor dem Fernsehen in Kuuls
Nähe und beginnt mit Rolli, dem Heizer, über die
Zutaten zu diskutieren. Er lässt Rolli riechen und
raten. Rolli will probieren.

„Nein", sagt Günter-Ohne-H laut, „das ist für meinen Boss, da darf keiner vorher ran!"

„Gib den Pudding rüber", brüllt Kuul.

Günter-Ohne-H erschrickt, gehorcht. Kuul nimmt
den Löffel und frisst den ganzen Pudding auf.

Günter-Ohne-H verkriecht sich in der Ecke des
Saals.

Kuul schmatzt. Nach einer halben Stunde fallen ihm die Augen zu, sein Kopf klappt nach vorne.

Als Blum den Saal betritt, haben sich die meisten schon zum Fernsehen versammelt. Er holt tief Luft, hofft, dass keiner hört, wie sein Herz klopft, und schlägt Zwille mit einer Ohrfeige von der Bank. Mit zwei Schritten ist Blum bei Thieß, Thieß springt auf, Blum boxt ihn so lange vor die Brust, bis er stolpert und auf den Hintern fällt.

„Von euch Ratten kriege ich noch Tabak, und zwar sofort!"

„Kuul hat gesagt..."

Kuul steht, stützt sich am Tisch und kommt langsam auf Blum zu. Die anderen weichen zur Seite. Blum geht bis zum Ofen zurück, wo Günter-Ohne-H Wasser zum Eierkochen aufgesetzt hat. Blum ergreift den Stiel der Kasserolle und schüttet Kuul das heiße Wasser ins Gesicht. Kuul schreit auf, reißt die Hände vor die Augen, und Blum lascht ihm den Topf über den Schädel. Kuul taumelt, Blum macht einen Walzerschritt nach links und tritt ihm die Schuhspitze in die Magengrube. Kuul reißt den Mund auf. Er hat die Schlägerei vergessen, er wartet auf das Ende des Krampfes, wartet, dass sich die Luftschleusen wieder öffnen, und während er wartet, schlägt Blum einen Aufwärtshaken, stößt ihm die Beine weg, tritt ihm gegen das Ohr, greift ihm in die Haare, reißt Kuuls Kopf hoch und schmettert ihn auf die Holzbohlen.

Er weiß, dass ihn Kuul entweder an einem der nächsten Tage fertigmachen wird oder im Lazarett verschwinden muss. Kuul verschwindet ins Krankenrevier der festen Anstalt.

Blum hat wieder vier Leute in seiner Kolonne. Und wenn die Neuen ins Lager kommen und nichts zu rauchen haben, dann geht Günter-Ohne-H hin und sagt:

„Arbeite doch für meinen Boss. Sowie du fünfunddreißig Meter gestochen hast, kriegst du ein Päckchen Tabak. Klar", räumt er ein, „das ist etwas weniger, als die Anstalt berechnet, aber was nutzt dir der Tabak am Monatsende."

Anfangs machte Blum sich morgens noch die Mühe, die Grabenzuweisungen von den Beamten selber entgegenzunehmen und die Arbeit an seine Leute weiterzuverteilen, doch seit die Beamten wissen, dass in Blums Kolonne Ruhe und Fleiß Trumpf sind, haut Blum sich gleich morgens aufs Ohr. Für Blum? — fragt der Beamte und notiert. Nach Feierabend wirft Blum einen Blick in das Buch des Beamten und überprüft, ob die Angaben der Arbeiter mit den Eintragungen übereinstimmen.

Blum liegt im Gras auf dem Bauch. Ohne-H massiert seinen Rücken mit Sonnenöl ein.

„Spoor hat gestern seinem Diener in die Stiefel ge-
schissen. Mit dem ganzen Fuß ist er rein. Bis zu den
Knöcheln stand er in der Scheiße."

„Reib weiter unten."

„Und Rosato hat den Bürgermeister, was doch für
Monate sein guter Diener war, so verprügelt, dass der
in die Wälder abgehauen ist. Hat noch nicht mal was
zu essen mitgenommen. Der sitzt jetzt unter einem
Strauch und nährt sich von Bickbeeren."

„Ich sag, weiter unten!"

„Und dann, weißt du, was der Stelzich schwätzt? Er
sagt, du hast gesagt, du trittst mir in den Arsch und
nimmst ihn."

„Quatsch nicht so rum. Die Beine auch noch."

„Du, da bin ich richtig erleichtert. Übrigens, weißt
du, was der Werner, der Diener von dem Spoor,
sagt? Er sagt, dass der jeden Tag auf seine Frau
wichst."

„Auf wessen Frau?"

„Bestimmt nicht auf seine eigene. Auf die von dem
Werner, die Blonde."

Blum spuckt aus und schlägt nach einer Stechfliege
auf dem Bein. Sie entwischt. Ohne-H schleicht sich
langsam um ihn herum. Blum kratzt sich am Fuß.
Plötzlich klatscht die flache Hand seines Dieners auf
die verbrannte Haut seines Rückens. Er schreit auf.

„Bist du schwachsinnig?"

„Die Stechfliege", sagt Günter-Ohne-H und zeigt

einen kleinen Blutfleck auf seiner Hand.

„Welche?" schreit Blum. „Die? Oder die? Oder die? Es gibt Tausende! Tausende, versiehst du?!"

„Na, immerhin", sagt Ohne-H.

Mit nackten Oberkörpern arbeiten die Männer in den Gräben. Schweiß läuft ihnen über den Nacken. Blums Leute sind weit verteilt. Letzte Woche waren es sechs. Tiede, den fleißigsten, haben sie wegen Faulheit in die Anstalt abgeschoben. Jetzt im schönsten Sommer, jammerte er. Blum sprach mit Lagerverwalter Schaween.

„Ich weiß, ich weiß", sagte Schaween, „aber der hat nicht einen Kubikzentimeter im Buch. Das kann ich nicht verantworten."

Die nächsten Tage sind unerträglich heiß. Blum sitzt in einem Moorloch, das bis zum Rand mit Schlammwasser gefüllt ist. Von Zeit zu Zeit bringt ihm Ohne-H kalten Tee. Blum hält sich ein Transistorradio ans Ohr, groß wie eine Streichholzschachtel, ein verbotenes Ihmchen.

„Was machst du denn da?" fragt Manienta.

„Ich hör die Beatles."

„Wen?"

„Die Käfer!" schreit Blum. Manienta blickt um sich. „Welche Käfer?"

„Die Stechfliegen", sagt Blum resigniert.

Aus Blums Perspektive steht Manienta im Zenit. Blinzeln muss er, wenn er ihn sehen will. Er will ihn nicht sehen.

„Dem Zivilarbeiter, der für die Firma hier herumspukt, für die die Anstalt malochen lässt, schmeiß ich noch mal 'n Ausheber ins Kreuz", sagt Manienta.

„Warum?"

„Der will, dass in dieser Gluthitze genauso viel Kubikmeter geschmissen werden wie letzte Woche. Und Boxer-Wupke hängt sich gleich bei ihm ein!"

Blum greift ins Moorloch und betupft seine Stirn mit Schlamm.

„Steck doch das Moor in Brand."

„Das Moor?" Manienta guckt mit leerem Blick herum, als sähe er das Moor nicht.

Blum rutscht ein Stück tiefer. Das Schlammwasser reicht ihm bis zum Kinn.

Manienta erhebt sich und zuckt mit den Schultern.

„Was würde das nützen. Wir kämen in die Anstalt, und da hältst du's erst recht nicht aus. Fünf Mauern, zehn Wände, dreißig Gitter und dein Mauseloch. Wer da fünf Monate durchhält, frisst auch seine eigene Scheiße."

„So ist das", sagt Blum.

„Mensch, ich dreh kein Ding mehr. Noch mal halt ich das nicht aus. Und auf Brandstiftung fängst du dir per se vier Jahre ein."

„Jeder wie er will", sagt Blum. „Kein Tee mehr da?"

Manienta geht zu seinem Claim zurück. Lustlos hackt er im Graben herum. Nach einer Weile taucht der Kopf des Zivilarbeiters hinter der Torfreihe auf. Er gestikuliert wild und deutet hinunter auf die Sohle, auf der Manienta arbeitet. Manienta klettert hinauf zu ihm. Der Zivilarbeiter steht vor ihm und klärt auf. Wütend. Manienta sagt nichts. Er blickt auf seine Schuhe. Nach einer Weile gibt er dem Zivilarbeiter einen Schubs vor die Brust. Der Zivilarbeiter fällt auf den Hintern. Sagt nicht muff. Schweigt und sitzt wie ein Kind im Sandkasten. Manienta holt den Schwanz raus und pisst in den Graben.

Mittags rücken sie zur Essensausgabe ein. Für eine Stunde. Blum duscht sich, während Günter-Ohne-H in der Essensschlange ansteht. Danach geht er herum und kauft für Blum Quarkspeise, Eier, Milch, Fleisch oder Würstchen auf. Er deckt den Tisch und bereitet Kaffeewasser vor.

Bis alles fertig ist, setzt sich Blum auf die Bank vor der Steinbaracke und blinzelt durch die Blätter der jungen Birke in die Sonne. Aus den Lagerlautsprechern tönt Musik. Das Moor flimmert. In der Ferne, an der nördlichen Ecke, färbt sich die Luft graublau ein. Blum zündet sich eine Zigarette an. Der Dunst in der Ferne ist dicker geworden. Schwarzgraue Schwaden steigen auf und kommen näher. Hinter der ersten Rauchwelle bläht sich ein weißer Pilz. Er kippt an den Rändern über und bedeckt den Horizont.

Günter-Ohne-H balanciert einen Löffel mit Suppe.

„Schmeck mal."

Blum probiert und lobt.

„Nenn ich Mexiko-Express, dies Süppchen", sagt Ohne-H stolz.

„Ich glaube, wir gehen zurück in die Anstalt", sagt Blum.

„Hab das hier satt."

„Wieso?" Ohne-H ist verblüfft.

„Dieser ewige Lärm. Diese ewigen Prügeleien. Dieser Dreck in den Baracken. Dreck und Hitze und Ofenqualm."

„Ja drinnen, aber draußen ist die Luft..."

Plötzlich ist der Teufel los. Alles rennt durcheinander. Schreie, „Feuer" und „Feueralarm". Kommandorufe und Befehle der Beamten. Blum erhebt sich und geht in die Baracke. Sie ist vollkommen leer, Bänke sind umgestürzt. Blum setzt sich. Günter-Ohne-H serviert.

„Nach dem Mexiko-Express ein kleiner bulgarischer Eierauflauf?"

Draußen wird es immer lauter.

„Freiwillige", schreit Spörl.

Ohne-H bringt den Kaffee. Blum lehnt sich zurück. Ohne-H gibt ihm Feuer.

Nachher setzen sie sich auf die Bank unter der Birke. Niemand ist zu sehen.

„Sind alles freiwillige Feuerwehrmänner geworden",
sagt Ohne-H.

Sie erheben sich und gehen den Weg am Wald entlang. Ohne-H mit seinem kürzeren Bein hat sich einen Knüppel genommen, auf den er sich mit beiden
Händen stützt. Nicht weit von der Stelle, wo das
Feuer den Wald erreicht hat, biegen sie links ab. Sie
kommen zu einer Siedlung, Fenster und Türen stehen offen, alles ist auf der Flucht oder beim Löschen.
Ein Feuerwehrwagen fährt klingelnd die Straße entlang. Er biegt einer Kommode aus. Männer mit Was-
sereimern springen auf.

„Das Feuer ist schon bis zum Euckenhof", ruft eine
Frau aus dem Fenster.

Sie gehen wieder durch ein Stück Wald und dann
über eine Wiese. Sie kommen zum Euckenhof. Unter
einer riesigen Eiche ist ein Tisch mit Getränken für
die Feuerwehrleute und ihre Helfer aufgebaut. Blum
und Günter-Ohne-H nehmen vier Flaschen Bier und
setzen sich in den Schatten. In einiger Entfernung
sind drei Spritzenwagen aufgefahren. An Blum und
Günter vorbei zieht eine kleine Gruppe von Män-
nern mit Äxten und Sensen.

Zwei junge Burschen mit Heidekraut an den Hüten
bringen einen alten Mann, der eine Feuerwehrmütze
auf hat und eine Axt mit beiden Händen von sich
gestreckt hält. Als die beiden den Kasten Bier unter

dem Getränketisch sehen, lassen sie den Alten fallen und holen sich das Bier.

„Ich will das Feuer sehen! Ich will das Feuer sehen!" schreit der Alte. Er liegt am Boden und hackt voller Wut mit dem Beil in die Erde. Die Jungen hören nicht hin. Sie gehen mit dem Kasten Bier hinter dem Männertrupp her.

Immer mehr von den Lagerinsassen treffen zum Einsatz ein. Mit Holzkohle haben sie sich Arme und Gesicht schwarz beschmiert. Sie gehen an den Getränkestand und erfrischen sich. Eilig laufen sie in den Wald zu einer Stelle, wo das Feuer schon erloschen ist. Verschnaufen. Dann rennen sie zurück zum Getränkestand.

„Lass uns nach Soltau gehen", sagt Blum.

Ein breiter, von Pappeln gesäumter Fußweg führt in die Stadt. Schaulustige haben sich versammelt. Ganze Familien, Kinder mit Fahrrädern, Liebespaare, die erregt tuscheln und auf die Rauchwand zeigen oder schweigend die Köpfe zusammenstecken.

Blum versucht mit zwei kichernden Mädchen ins Gespräch zu kommen. Dabei beobachtet er aus den Augenwinkeln Günter-Ohne-H, der einem Kind das Fahrrad weggenommen hat und jetzt im Kreis herumfährt.

„Gehören Sie zur Feuerwehr?" fragt die Dunkelhaarige.

187

„Nein, nein", sagt Blum, „ich bin hier alleine. Ich bin nur zufällig mal vorbeigekommen." „Ach, sind Sie aus Soltau?"

„O nein, ich verbringe hier nur ein paar Tage Ferien."

„Tragen Sie immer Ihre Winterstiefel im Sommer?"

„Winterstiefel ist gut", lacht Blum, „das sind Wanderschuhe." Und als sein Blick auf das Unterholz fällt, fügt er geistesabwesend hinzu: „Sehr haltbar."

Durch die beiseite geschobenen Zweige ist das Gesicht von Futzi, dem Lagerschrat, zu sehen. Seine Arme sind über und über tätowiert. Da Blum nicht reagiert, winkt er ihm zu, näher zu kommen.

„Wollen wir nicht nach Soltau zurückgehen?" fragt Blum die Mädchen.

Nach fünfhundert Metern sagen sie ihre Namen. Gisela und Editha. Plötzlich schrillt eine Klingel hinter ihnen und ein Fahrrad bremst.

Die Mädchen fahren erschreckt herum. Futzi auf dem Fahrrad mit Günter-Ohne-H auf der Stange.

„Hau dich in die Büsche!" schreit Futzi außer Atem, "Boxer-Wupke rennt mit der Knarre rum und treibt alle zusammen."

Die Mädchen schreien auf und rennen davon. Etwas unsicher geworden, klappt Günter-Ohne-H den Kiefer runter. Seine schlaffe Zunge bedeckt die Unterlippe.

Blum starrt die beiden an. Dann dreht er sich um

und geht in Richtung Soltau.

Futzi und Günter-Ohne-H lehnen das Fahrrad an einen Baum und folgen Blum in einigem Abstand.

Wenige Kilometer vor der Stadt sehen sie fünf Polizisten. Sie haben sich hinter Bäumen versteckt. Als Blum am letzten Baum vorbei ist, springen sie hervor. Mit gezückten Pistolen führen sie die drei zur Grünen Minna. In der sofort zusammengelaufenen Menge stehen Gisela und Editha. Durch die vergitterten Scheiben des Polizeibusses winkt Futzi ihnen zu.

Das Lager steht noch. Beim Appell sind alle vollzählig. Keiner hat die Gelegenheit genutzt. Keiner ist abgehauen.

Blum entlässt seine Arbeitskolonne. Von nun an meldet er sich mit Günter-Ohne-H jeden Tag krank. „Mich interessiert dieser Sportverein, den sie da gründen", sagt er zu Günter-Ohne-H. Nach einer Woche werden sie in die Anstalt abgeschoben.

Burkhard Driest

Der Sportverein

Blum, am Fenster, dreht sich um. Günter-Ohne-H sitzt auf dem oberen Bett. Er wischt sich den Schweiß ab.

„Ich krieg keine Luft."

„Hundert Gramm Nes hat mich die Zelle gekostet. Es ist die beste im Haus."

„Scheiß auf die Zelle, ich will Arbeit haben."

„Wie du meinst. Ich werde das morgen arrangieren. Tischlerei. Du hast dein ganzes Leben gearbeitet."

Ohne-H springt vom Bett und macht eine kalte Zitrone.

„Es sind die letzten", sagt er.

„Ich habe Bob Bescheid sagen lassen. Wir kriegen morgen neue."

„Ihr seid 'ne feine Bande." Michael Bäumler, der dritte, richtet sich halb auf und wischt mit einem Handtuch seinen nackten Oberkörper ab.

„Warum wolltest du eigentlich mich auf der Zelle haben?"

„Weil du die Schnauze halten kannst und vor keinem hier wegrennst."

Über Blums Bett hängen fünf Fotos von Brigitte

Bardot. Die Bilder von Gerta hat er längst zerrissen.

Beim Sport am Sonnabend geht Blum zu Sport-Schütting, dem Vorarbeiter in der Tischlerei. Schütting hat die Sportgeräte unter sich und stellt die Handballturniere auf, daher darf er in der ganzen Anstalt herumlaufen. Er ist ein Lebenslänglicher, der schon lange hier ist. Er genießt das Vertrauen Engelweichs.

Blum hält ihm hundert Gramm Nescafé hin und bittet ihn, dafür zu sorgen, dass Ohne-H in der Tischlerei Arbeit bekommt. Sport-Schütting, klein, immer eilig, lächelt sauer. Abwehrend hebt er beide Hände.

„Das macht die Arbeitsverwaltung."

„Wie du meinst." Im Gehen fügt Blum hinzu: „Du hast viele Neider. Überleg es dir. Mit mir hat noch keiner ein schlechtes Geschäft gemacht."

Eine Woche später ist Günter-Ohne-H in der Tischlerei, und Blum schickt Schütting den Kaffee.

Tagsüber, während Günter-Ohne-H und Bäumler in den Betrieben arbeiten, liegt Blum auf der Zelle, liest und macht Gymnastik. Außer in der Freistunde, sieht er nur seine vier Wände. Da er die großen Vorräte aus dem Lager nicht verbrauchen will, beginnt er sie gegen den üblichen Zinssatz von 50 Prozent zu verleihen. Günter-Ohne-H und Bäumler bieten den Tabak und Kaffee in ihren Betrieben an. Trotzdem gefällt es Blum nicht, dass er stets auf Mittelsmänner angewiesen ist und jede Information aus zweiter Hand erhält. Er fordert Bäumler und Günter-Ohne-H immer wieder auf, genau und sachlich zu berichten und ihm insbesondere alles zu erzählen, was über den geplanten Sportverein gemunkelt wird.

Bisher hat er nur erfahren können, dass die 250 Sportler sich nach dem Modell eines Sportvereins draußen selber organisieren sollen. Ein Institut der Selbsterziehung hat es der Anstaltsleiter genannt.

„Das ist gut", sagt Bäumler, „wir haben kein Fernsehen, kein Radio, keine Zeitung, wir können keine Bücher kaufen, statt dessen tritt einer dem andern in den Arsch. Oder glotzt die Bardot an und fegt sich einen. Einmal in der Woche dürfen wir einen Brief schreiben, und was gut oder schlecht daran ist, das bestimmt dieser Mittelschüler von Inspektor. Hier ist Arbeitszwang, wir müssen hart malochen und kriegen nix dafür. Um neun machen die uns das Licht aus und sagen, wann wir aufstehen, scheißen und uns die Ohren waschen müssen. Und jetzt gründen wir ein Institut der Selbsterziehung. Nicht schlecht!"

„Das ist ein schöner Aufsatz", sagt Blum, „aber durch die Zensur käme er nicht.

Die Leute sind verrückt auf Sport", sagt Blum nach einer Weile. „Die Stunde sonnabends draußen ist ihr einziges Vergnügen. Was ist die Killer-Band dagegen? Was ist der Staubkrümel von Bibliotheksfritzen oder dieser abgewichste Schreiber von Engelweich gegen den Boss eines gut funktionierenden Sportvereins?"

„Das wird sowieso der Schütting. Hinter dem steht Engelweich", sagt Bäumler.

„Eben nicht! Ein Sportverein hat einen Vorstand, der wird von den Mitgliedern gewählt. Begreifst du? Von allen Mitgliedern. Das ist die einzige Chance, Schütting an die Wand zu drücken."

Ohne-H wäscht Blums Socken.

„So schlau. Der Verein, das ist der Vorstand, und der Vorstand, das sind wir, und wir trinken das Bier." Er hebt die Hand hoch und kippt den Kopf nach hinten.

„Eben", sagt Blum. „Ich besorg Bäumler einen Job auf Matten II. Ohne-H ist in der Tischlerei. Ohne den Sportverein zu erwähnen, macht ihre Reklame für mich. Ihr müsst nur immer wieder meinen Namen nennen. Wenn die ganze Sache klappt, kommst du aus den Matten raus, und dein Job in der Gartenkolonne ist so gut wie sicher. Da sind nur acht Mann. Die einzigen, die die Anstalt verlassen."

Endlich ist es soweit, die Sportler sollen sich in der Kirche versammeln, der Anstaltsleiter hält eine Rede. Er entwickelt seinen Plan von der Gründung eines Sportvereins. Es soll eine satzungsgebende Versammlung einberufen werden. Diese wird einen sechsköpfigen Ausschuss wählen. Der Ausschuss soll die Satzung vorbereiten und die einzelnen Artikel formulieren. Diese Satzungsvorlage wird in einer weiteren Versammlung von allen zukünftigen Mitgliedern diskutiert. Die endgültige Fassung soll dann beschlossen werden, und gleich darauf werden die Vorstandsmitglieder des Vereins gewählt.

In den Freistunden und auf den Arbeitssälen wird die Sache überall heftig erörtert. Die Gefangenen sind besonders deswegen misstrauisch, weil sie eigene Vertreter wählen sollen. Einige glauben, dass sie das Opfer eines Justiz-Spaßes werden sollen. Andere sehen in dem Sportverein ein verbessertes Spitzelsystem. Die Gutwilligsten nennen den neuen Anstaltsleiter einen Spinner. Ihre Skepsis macht sie abweisend und passiv. Niemand denkt daran, jetzt mitzuarbeiten, um an Aufsicht und Kontrolle des Vereins teilzuhaben.

Bis auf einige. Sport-Schütting und Engelweich haben ihre erste Wut hinuntergeschluckt, als sie merken, dass die Dinge nicht aufzuhalten sind. Während Engelweich in der älteren Beamtenschaft bereits den Boykott des zukünftigen Vereins vorbereitet, bieten er und Schütting der Sportversammlung ihre Unterstützung und Mitarbeit an.

Rosato, inzwischen aus dem Lager zurückgekehrt, ist für eine Vereinsquatscherei nicht zu haben, doch er hebt den Arm, als er Buffe nach vorne gehen sieht. Er wird immer nein sagen, wenn Buffe ja sagt. Er kann ihn nicht ausstehen.

„Blum!" schreit einer, es ist Birm. „Blum", rufen Günter-Ohne-H und Bäumler. Die Menge schreit nach Schütting. Ihn kennen sie, er hat den Sport immer gemacht, und er hat Engelweich hinter sich. Was aber haben die anderen hinter sich? Etwa den neuen Anstaltsleiter, der aussieht wie der kleine Kaiser in Pumphosen? Nicht einmal den! Die Gefangenen wissen das.

„Schütting!" brüllen sie, und Engelweich nickt wohlwollend mit dem Kopf. Günter-Ohne-H, der auf der anderen Seite zwischen der Gruppe seiner Tischler sitzt, sieht zu Blum herunter und zuckt hilflos mit den Achseln. Da springt Birm auf.

„Blum!" ruft er. „Warum nicht Blum? Er ist zwar in der Anstalt vielen nicht bekannt, aber erkundigt euch, er versteht sich auf Satzungen und Rechtsdudeleien. Er ist sozusagen ein Mann vom Fach! Wenn wir die Satzung von Anstaltsjuristen schreiben lassen, bleibt sowieso alles wieder beim alten." Birm setzt sich. Engelweich rückt seinen Schlips zurecht und kramt in den Taschen. In das kurze Schweigen der Versammlung hinein brüllt Bäumler: „Blum!"

Jetzt scheinen sich die Tischler und die von Matten und Handschuhen zu erinnern. „Blum!"

Blum erhebt sich und geht nach vorn. Birm hatte im letzten Moment gesprochen. Der Satzungsausschuss ist vollzählig, sieben Mitglieder. Birm zwinkert Blum zu.

Schütting hat die meisten Stimmen, dann Beck vom Lazarett, Frei vom III., Buffe vom Westflügel, Rosato und Blum vom IV. Jeden Sonnabend Nachmittag wird ihnen ein Raum zur Verfügung gestellt, wo sie die Satzung ausarbeiten sollen.

Als alle die Kirche verlassen, schiebt sich Hauptwachmeister Schüblin zwischen Kopf und Engelweich.

„Man hätte doch noch mal mit dem Direktor reden sollen", sagt er.

„Reden!" Engelweich lächelt verächtlich. „Ich habe ihm unsere Bedenken vorgetragen. Personalmangel, Gefährdung der Anstaltsaufsicht, Autoritätsverlust, mangelhafte Ausbildung der jüngeren Kollegen. Er hat zu mir gesagt: Wissen Sie, Herr Engelweich, ich bin bereit, in meiner Freizeit den Sport selbst zu beaufsichtigen. Was sagste dazu?"

Kopf sagt dazu, das klinge gut und hinterher könnten sie's doch wieder selber machen.

„Nein, nein, es ist schon so: den ersten Fehlschlag müssen wir der Presse melden, dann haben wir auch das Justizministerium auf unserer Seite."

„Ihr Schlauberger meint", sagt Schüblin, „das beste wäre eine handfeste Meuterei unter den sogenannten

Vereinsmitgliedern?"

Blum sieht die drei lachen, schafft es aber in dem Gedränge nicht, näher an sie heranzukommen.

Auf der Zelle sagt Bäumler: „Das war knapp."

Günter-Ohne-H kichert.

„Ein klarer Sieg!"

Bäumler setzt sich aufs Scheißhaus.

„Zieh ab!" schreit Günter-Ohne-H.

„Dreckige Schinderei auf den Matten", sagt Bäumler.

„Das ist nur vorübergehend." Blum geht auf und ab.

„Schick Birm fünfundzwanzig Gramm Nes."

„Du bist verrückt!" sagt Bäumler.

Ohne-H zieht sein Nachthemd an.

„Das kommt wieder rein. Wer Vorsitzender vom Verein werden will, braucht eine reine Weste. Die Geschäfte macht also von jetzt an Bäumler. Wer nicht pünktlich zurückzahlt, kriegt nichts mehr, aber üb keinen Druck aus. Im übrigen werden die Zinsen auf 25 Prozent gesenkt, das macht Stimmung. Wenn ich erst mal Vorsitzender bin, können wir unsere Geschäfte bis in den Ostflügel ausdehnen. Dann holen wir alles wieder rein. Außerdem werden wir einen Markt für Schnaps schaffen, das bringt das Zehn- bis Fünfzehnfache. Wenn jemand für Bargeld kaufen will, sei vorsichtig. Heißes Eisen, du weißt, frag mich vorher. Bei jeder besonderen Sache will ich vorher gefragt werden. Verstanden?"

Bäumler nickt.

„Wir haben noch drei für einen Abzug offen: Ochse-Ruhl, Wondratscheck und Ernesto, den Schieber. Ernesto hat zwar dir und nicht mir die Nase eingeschlagen, aber da du auf meiner Zelle liegst, betrifft es auch mich. Außerdem macht Ernesto uns mit seinem Verleihergeschäft Konkurrenz. Er verprügelt die Leute, aber wir haben eine andere Taktik. Trotzdem wagen sie nicht abzuwandern, aus Angst. Wenn er einen richtigen Abzug kriegt, der ihn ins Lazarett bringt, ist die Sache geritzt. Die drei lassen wir aber noch in Ruhe, bis ich Vorsitzender bin. Das wichtigste ist jetzt der Sportverein."

„Ich versteh das noch nicht ganz", sagt Bäumler.

„Werd ich dir erklären. Morgen ist die erste Sitzung. Ich hab mich vorbereitet, die anderen sich nicht. Also werde ich die Tagesordnung bestimmen, und das wird so bleiben. Das ist sehr wichtig, weil sie erst bei Punkt drei die Folgen und Auswirkungen des bereits beschlossenen Punktes eins merken. Am Anfang der Satzung steht eine Präambel. Da sie am bedeutungslosesten ist, wird sie als letztes verabschiedet. Darin steht so was wie: Im Bewusstsein ihrer Verantwortung vor der Anstalt und den einzelnen Sportlern, von dem Willen beseelt, der Ruhe und Ordnung und dem Sport zu dienen, hat die Mitgliederversammlung diese Satzung beschlossen, die nicht zuletzt der Rehumanisierung dienen soll und die Würde des

Burkhard Driest

Sportlers garantiert. So in dieser Art. Man kann das
mehr oder weniger aufblasen."
„Gut, das zum Schluss. Und was kommt morgen?"
„Aufnahme der Mitglieder, Beitragspflicht und inne-
re Organisation des Vereins."
„Mensch, du haust Dinger raus."
„Punkt eins: Wer wird Mitglied? Teilnahme am Sport
ist eine Vergünstigung. Bisher hat die Anstalt darüber
entschieden. Wir werden zwei Zugeständnisse von
der Anstalt fordern: dass wir entscheiden, wer am
Sport teilnimmt, und zweitens: dass der Vereinsvor-
sitzende sich frei im Haus bewegen darf. Die werden
das machen, weil wir sonst die ganze Sache platzen
lassen."
„Und warum?" fragt Michael.
„Wir wollen bestimmen, wer am Sport teilnehmen
darf. Aber die Anstalt wird ein Vetorecht haben. Das
deckt ihre Interessen. Wenn sie einen beim Sport
nicht wollen, können sie nein sagen."
„Dann hat sich ja nichts geändert."
„Doch. Alle, die von der Anstalt nicht endgültig ab-
gelehnt werden, lassen wir also zum Sport zu. Verstehst du: wir! Jeder Neuzugang ist geil auf Sport. Er
muss sich an den Vorstand wenden, am besten an
den Vorsitzenden. Kommt sein Auftrag durch, so
weiß er, wem er das zu verdanken hat. Gerade diese
Neuzugänge werden die Basis unseres Einflusses
sein."

„Warum denn aber Beitragspflicht?" fragt Bäumler.

„Die Leute nehmen den Verein erst ernst, wenn er über Geld verfügt. Von dem Geld werden Sportgeräte gekauft, zum Beispiel Tischtennisplatten. Der Andrang wird groß sein, aber es können nur ein paar zu einer Tischtennisgruppe zugelassen werden. Wer das ist, bestimmt der Vorstand. Natürlich werden", Blum lächelt, „die treuen und ehrbaren Vereinsbürger den Vortritt haben."

„Du meinst die Vereinsspitzel, -schläger und -geschäftemacher?"

„Wenn der Verein erst mal läuft, wird es schwer sein, solche Behauptungen zu beweisen und trotzdem noch Sportler zu bleiben. Im übrigen", fügt Blum hinzu, „wird der Vorstand die Vereinsmitglieder über alles selber und genauestens informieren. Zu dem Zweck wird man eine Vereinszeitung gründen."

„Mensch, Mensch", sagt Bäumler und kratzt am Kopf, „das ist ja schlimmer als im Zuchthaus."

„Die Organisation: Der Vorstand wird aus fünf Mitgliedern bestehen. Sie werden in freier, geheimer und unabhängiger Wahl gewählt."

„Geheim?" sagt Bäumler. „Wie sollen wir dich da durchkriegen?"

„Braucht ihr nicht. Ich werde in der Versammlung die Satzung vorlesen, die einzelnen Vorschriften erklären und denen ausmalen, wie der Vorstand um Rechte und Freiheiten jedes einzelnen Mitglieds gekämpft hat. Wenn ich zwei Stunden da vorne geredet hab, werden sie mich wählen. Mehr Stimmen wird bestenfalls noch Schütting kriegen."

„Dann wird Schütting also Vorsitzender?"

„Auch falsch. Das wäre nur der Fall, wenn Vorsitzender wird, wer die meisten Stimmen in der Hauptversammlung kriegt. Also wird in der Satzung stehen, dass die fünf Vorstandsmitglieder den Vorsitzenden wählen."

„Dann wirst du's immer noch nicht. Dann wird es entweder Schütting oder Buffe."

„Falsch. Buffe und Rosato sind spinnefeind. Ich werde zu Buffe gehen und ihm unter vier Augen Rosato als Vorsitzenden vorschlagen. Ich werde sagen, dass die anderen nichts dagegen hätten. Das schluckt Buffe nicht, und er wird mich überzeugen wollen, dass ich mich viel besser als Rosato für den Posten eigne. Danach gehe ich mit demselben Spruch zu Rosato und so weiter. Beck ist klar, er hat ein persönliches Interesse an mir."

„Welches?" fragt Bäumler.

„Das spielt hier keine Rolle", sagt Blum. „Jedenfalls sind das mit meiner eigenen Stimme vier gegen eins."

Die Sitzung am nächsten Tag läuft ab, wie Blum es vorausgesehen hat. Blum fuchtelt mit seinen Papieren herum. Er überzeugt die anderen, dass man vor allem anderen einen Protokollführer braucht, dass alles und jedes mit einfacher Mehrheit beschlossen werden muss, er will einen Diskussionsleiter, der das Wort dem einen erteilt und dem anderen verbietet, es muss jedesmal eine Tagesordnung vorbereitet und beschlossen werden, und davon darf keiner abweichen. Alle Punkte müssen aus dem großen Paket getrennt werden und in möglichst kleine Detailpunkte zerteilt und einzeln, ganz einzeln verhandelt und beschlossen werden.

Erschöpft hängen die anderen unter einer dicken Zigarettenwolke am Tisch. Sie fühlen sich überwältigt, nicht von Blum, sondern von der Sache, die sie unterschätzt haben. Zum Glück ist Blum da, dessen theoretisierenden Spinnkopfes sie sich bedienen werden. Ihn werden sie ausnutzen. Ihn bestimmen sie zum Protokollführer, er soll die Tagesordnung jeweils vorbereiten und er soll die Diskussion leiten.

„Das ist zu viel, das kann ich nicht", stöhnt Blum, „die Diskussion muss ein anderer leiten. Ich schlage Schütting vor. Wir schätzen ihn, weil er ruhig und sachlich ist."

Schütting lächelt geschmeichelt.

„Den Schütting als Diskussionsleiter?" schreit Bäumler in der Zelle wütend. Blum schüttelt den Kopf.

„Schließlich kann ich mir nicht dauernd das Wort selber erteilen. Außer im Fernsehen hat so ein Diskussionsleiter doch keinen Einfluss."

„Im Fernsehen?" sagt Michael.

„Ja", sagt Blum, „da macht er sich dicke. Die Zeit, die Zeit, jammert er, schiebt sich ins Bild und drückt alles an die Wand, was ihm nicht passt."

„Das is 'n Irrer", lacht Günter-Ohne-H Bäumler zu, „du siehst, der hat einen auf der Mattscheibe."

Bei der zweiten und dritten Versammlung diskutiert der Ausschuss endlich Aufnahme, Beitrag und Organisation.

„Der Vorstand muss entscheiden, wer zum Sport zugelassen wird. Wenn wir kein einziges wirkliches Recht haben, sind wir nur Handlanger und Prügelknaben für die Anstalt. Wenn sie das wollen, brauchen sie uns erst gar nicht den Verein anzubieten!"

Man stimmt damit überein. In der Verhandlung mit dem Anstaltsleiter setzen sich die Gefangenen durch: die Anstalt hat nur ein Vetorecht. Hart wird die Diskussion um die Beitragspflicht.

„Die Knackis sollen immer zahlen, immer werden sie gerupft. Bisher ging es auch ohne Geld", sagt Schütting.

„Von der Anstalt kriegen wir nichts", sagt Buffe.

„Das Geld kommt doch den Sportlern selber zugute." Blum legt die Hand aufs Herz. „Wir kaufen davon Sportgeräte und so weiter. Der Sport hier ist für uns eine lebenswichtige Sache. Dafür sollte jeder bereit sein, ein Opfer zu bringen."

Schütting ist verdutzt.

„Richtig", sagt Frei mit Nachdruck. „Man muss zeigen, dass man zu einer Sache steht. Und wer Geld für Tabak hat, wird wohl auch fünfzig Pfennig im Monat für den Sport übrig haben."

„Es haben nicht alle Tabak", sagt Schütting.

„Fünfzig Pfennig hat jeder", sagt Frei.

„Es arbeiten nicht alle", protestiert Schütting.

„Das ist nicht unser Problem", sagt Rosato, „das betrifft die Arbeitsverwaltung."

Die Beitragspflicht wird angenommen.

„Ich hab mir das überlegt", sagt Bäumler. „Du kannst in der Kirche nicht die ganze Zeit alleine reden. Das fällt auf."

„Stimmt", sagt Blum. „Den Punkt mit der Beitragspflicht lasse ich von Schütting erklären."

Ebenso wird beschlossen, dass der Vorsitzende nicht von der Mitgliederversammlung, sondern vom Vorstand gewählt wird. Man ist sich einig, dass viele Mitglieder für eine so schwerwiegende Entscheidung zu blöd sind. Im Vorstand kennt man sich und weiß die Qualitäten des anderen abzuschätzen.

„Nun zu den Sportwarten", sagt Blum. „Auf jedem Zellengang müsste ein Sportwart sein, der vom Vorstand eingesetzt wird."

„Quatsch", brüllt Schütting dazwischen, „wozu brauchen wir den?"

„Damit der Vorstand schnell und effektiv arbeiten kann, braucht er Mittelsmänner, die die Leute auf den Zellengängen genau kennen und die jede Maßnahme schnell durchführen oder weiterleiten. An die Sportwarte können sich die einzelnen mit Beschwerden und Anträgen wenden. Dadurch haben sie immer guten Kontakt zum Vorstand. Das ist sehr wichtig."

„Wenn der Sportwart nicht nur die Interessen des Vorstands, sondern vor allem die der Zellengangsbewohner wahrnehmen will", sagt Hähnlein, „dann ist es besser, wenn jeder Zellengang seinen Sportwart wählt."

Blum lässt sich erschöpft zurücksinken. „Wählen und noch mal wählen", sagt er. „Wie soll das in der Anstalt durchgeführt werden? Wir haben von der Beamtenschaft ohnehin genügend Widerstand zu erwarten."

„Klar", sagen die anderen, „wir können nicht alle drei Tage solche Scheißwahlen abhalten. Die Knackis haben sowieso dauernd was rumzumeckern."

„Meine Güte, Sportwarte auch noch?" sagt Bäumler.

„Klar. Das wird Uwe auf dem III. Zick Zack auf Ost und Birm auf West."

"Und wen nehmen wir auf dem I. und II.?" fragt Michael.

"Bubi und Drossel."

„Drossel? Den Karatemann?" „Genau den."

„Und was habt ihr demnächst noch drauf?"

„Der Anstaltsleiter hat zugestanden, dass einer aus dem Vorstand sich frei im Haus bewegen darf. Er muss die anderen Mitglieder benachrichtigen und so weiter."

„In dem Fall bin ich für den Vorsitzenden-, sagt Günter-Ohne-H. Er nimmt seine Mundharmonika heraus und spielt ‚Das Wandern ist des Müllers Lust'.

„Das scheint mir die würdigste Losung zu sein", sagt Blum. Er lässt sich von Günter-Ohne-H ein Stück Torte abschneiden, die der Kalfaktor gestern im Spüleimer aus der Bäckerei für sie abgeholt hat.

„Zuletzt kommt noch rein", sagt Blum, „dass die Vorstandsmitglieder sonnabends die ganze Zeit beim Sport dabei sind, egal welche Gruppe. Und, natürlich, die Strafbestimmungen."

„Waaas?" schreit Bäumler entsetzt.

„Strafbestimmungen, möglichst weit gefasst. Zum Beispiel: Wer mehr als dreimal hintereinander Turnschuhe außerhalb der Sportstunde trägt, ist vom Vorstand vom Sport für drei Wochen auszuschließen."

„Das hat ja immer das fiese Beamtenpack versucht, einem die Turnschuhe auszuziehen! Bei vielen sind es die einzigen Schuhe, die nicht drücken und wo man keine Blasen kriegt. Und das wollt ihr jetzt machen?! Selbst Engelweich hat das nicht geschafft!"

„Ruhig, mein Junge. Es braucht keiner seine Turn-schuhe auszuziehen. Der Vorstand oder die Sport-warte sehen es eben einfach nicht. Aber es kann ja mal ein Fall da sein, wo sie es sehen. Dann fliegt der Junge raus aus dem Sport. Das ist dann legal."

„Aha." Bäumler ist wütend. „Wer eine Politik macht gegen euch oder an dich den Kaffee und die Zinsen nicht zahlt, bei dem sehen eure Sportwarte plötzlich die Turnschuhe. So ist das doch, nicht wahr?"

„Also pass mal auf: Erstens, bei dir sehen sie sie nie. Zweitens, was gehen dich die anderen an? Drittens, du willst aus Matten raus, willst in die Gartenkolon-ne."

„Seit er dein Verleihergeschäft führt, ist er selber Geschäftemacher, droht überall mit seiner pampigen Faust rum, und jetzt spielt er auf einmal die gekränk-te Brezel", sagt Günter-Ohne-H.

„Ja", sagt Bäumler. „Was gehen mich die anderen an. Ich muss mich hier körperlich fit halten. Hab die Verpflichtung schon meiner Frau und meiner Familie gegenüber." „Eben", sagt Blum, „die Familie."

Bäumler dreht sich um und macht Schattenboxen. Danach beginnt er sein übliches Training mit dem Seil. Nach fünf Minuten klopft einer unter ihnen mit dem Besen gegen die Decke.

„Das ist der erste", sagt Bäumler, „dem dein Sport-wart auf die Fresse hauen kann."

Alle zukünftigen Vereinsmitglieder haben sich in der Kirche versammelt. Die Satzung soll verabschiedet werden.

Der Anstaltsleiter trottet am Altar vorbei und steigt auf die Kanzel.

„Sportler!" sagt er, „Gefangene! Zum ersten Mal in der langen Geschichte dieses Zuchthauses haben Sie jetzt die Möglichkeit, Ihren Sport selbst zu organisieren. Die allein von Ihnen bestimmten Vertreter, Männer Ihres Vertrauens, haben eine Satzung entworfen. Es ist jedoch nur ein Vorschlag, den Sie jetzt diskutieren. Frei und souverän können Sie die endgültige Fassung beschließen. Noch ein Tipp: jeder Redner mag sich kurz fassen. Wir haben nur zwei Stunden Zeit."

Blum verliest und erklärt die Satzung. Bei dem Wort ‚Beitragspflicht' geht ein Jaulen durch die Menge. Dadurch unterbrochen, hebt Blum die Hände und gibt hilflos das Wort an Schütting ab.

„Der Geist des Sports schließt auch Opferbereitschaft ein", sagt Schütting. „Wir haben hier die Chance, unsere Lage durch unsere eigenen Anstrengungen zu verbessern."

„Pah", schreit Kuul und springt auf, „für die eine Stunde, wo die uns Sport machen lassen!"

Hauptverwalter Engelweich tritt vor. Er hatte Kuul, als er ihn von Marie trennte, in eine Zwangsjacke stecken und im Kellerkaschott an einen Eisenring ketten lassen.

„Wem das zu wenig ist", sagt er, „der kann ja auf seiner Zelle bleiben."

Schütting, Blum, Rosato, Frei, Buffe und Beck nicken. Der schwierigste Punkt sind die Strafbestimmungen. Auch sie trägt Schütting, angefeuert von Blum und Engelweich, vor. Sie sind der Preis dafür, dass der Vorsitzende sich frei im Haus bewegen darf.

„Wer Rechte hat, muss auch Pflichten tragen", sagt Engelweich. Vor der Versammlung hat Blum Schütting überzeugt, dass er der einzige ist, der die Strafbestimmungen in der Versammlung durchpauken kann.

„Ich bin sicher", sagt Blum zu ihm, „dass du Vorsitzender wirst. Für mich gibt es daran keinen Zweifel."

„Meinst du?"

„Und nun stell dir vor", hakt Blum nach, „die Strafbestimmungen gehen nicht durch, und du kannst nicht aus deiner Zelle. Da, wo es brennt, da kannst du als Vorsitzender gerade nicht hin!"

„Man hat uns mit dem Sportverein eine wirkliche Chance gegeben", wendet sich Schütting an die Versammlung, „wir müssen der Anstalt dafür dankbar sein (Pfui-Rufe), müssen aber auch unseren Willen zeigen, selber an der Ordnung und Disziplin in der Anstalt mitzuarbeiten." (Pfui-Rufe.)

Die Versammlung dauert eine Stunde länger als geplant. Durch erbitterte Diskussion wird § 13 geändert: ‚Der Vorstand kann vor Jahresfrist abgewählt werden, wenn dies von mindestens 100 Mitgliedern schriftlich begehrt wird.' ‚Kann' wird durch ‚muss' ersetzt, ‚100' durch ‚90' und das Wort ‚abgewählt' durch das Wort ‚neugewählt'.

Außerdem verlangt Birm, das Wort ‚Würde' in der Präambel zu unterstreichen. Die Mehrheit schließt sich seiner Forderung an.

Plötzlich springt Bielich auf, und Blum starrt fassungslos auf den Mann, der bleich und scharf in die Abstimmung hinein sagt: „Ich danke euch für die gelungene Satzung. Sie wird uns bestimmt Ruhe und Ordnung hier bescheren. Das einzige, was ich vermisse, ist die Todesstrafe."

Ein Tumult entsteht.

„Halt's Maul, wenn du das nicht ernst nimmst!"

Schließlich klappt die Stimmenzählung doch noch.

Nach Verabschiedung der Satzung steigt der Anstaltsleiter auf die Kanzel.

„Ich spreche zu Ihnen, liebe Vereinsmitglieder, als Ihr Ehrenpräsident. Sie werden jetzt den Vorstand wählen. Die Wahl ist frei, geheim und unabhängig. Ohne jede Beeinflussung und wie jeder Bürger draußen können Sie die Männer wählen, von denen Sie wissen, dass sie mit aller Kraft und nach bestem Wissen und Gewissen Ihre Interessen innerhalb von Recht und Ordnung vertreten werden."

Blum erhält mit Abstand die meisten Stimmen. Dann

Schütting, Beck und Buffe. Als letzter Rosato.

Vor der ersten Vorstandssitzung geht Blum zu Buffe und Rosato. Er schlägt jeweils den anderen als Vorsitzenden vor, aber beide sind für Blum. Als Beck, der vormittags die Medikamente verteilt, zu Blum auf die Zelle kommt, bleibt der ihn begleitende Sanitätsbeamte diskret zurück.

„Wie viel Nes und wie viel Tabak willst du haben?" fragt Beck.

„Für hundert Mark. Zum alten Preis."

„Okay", sagt Beck. „Hier sind deine Kopfschmerztabletten."

„Übrigens", sagt Blum, „wenn ich Vorsitzender bin, gehen die Geschäfte besser. Dann habe ich auch mehr Bargeld, und du kriegst die Kohlen, die du zur Flucht brauchst, schneller zusammen."

„Zur Flucht?" fragt Beck irritiert.

„Na ja", sagt Blum, „dann eben zur Unterstützung deiner   kranken Mutter."

Blum wird Vorsitzender. Seinem Wirken unter den Gefangenen steht nichts mehr im Wege. Bis auf eine hat er die Stellen der Sportwarte besetzen können. Das von Bäumler geführte Verleihergeschäft weitet sich aus. Da sie so viel Kaffee und Tabak nicht verbrauchen können, sind sie in der Lage, immer mehr zu verleihen oder in günstige Tauschgeschäfte zu investieren. Schließlich ist der Umsatz so groß, dass Blum mit den 25 Prozent Verleiherzinsen ebenso viel verdient wie früher mit 50 Prozent. Dennoch weiß Blum, dass es einige gibt, die an seiner Position sägen. Er legt Akten an, in denen er verschlüsselt über die Betreffenden Buch führt. Das bringt Schütting dazu, sich mit Blum zu arrangieren und seine Aktionen einzustellen.

Einige Zeit später wird das Verleihgeschäft Günter-Ohne-H übergeben. Blum hat erreicht, dass Bäumler in die Gartenkolonne kommt. Dort organisiert er den Transport von Schnaps. Es ist das beste Geschäft. Für eine halbe Flasche billigen Korn muss ein Gefangener einen ganzen Monat arbeiten. Das sind die Preise. Als Uwe auf dem III. in Absatzschwierigkeiten gerät, sagt Blum zu ihm: „Dann hau ihnen das Zeug zwischen die Zähne. Wir müssen den Fusel loswerden.“

Der Sportverein läuft reibungslos. Disziplin und Ordnung liegen dem Vorstand und besonders dem Vorsitzenden Blum sehr am Herzen. Das hat eine äußerst wohlwollende Haltung der Anstalt und Beamtenschaft zur Folge. Einige Sportler werden wegen des Tragens von Sportkleidung außerhalb der Sportstunden vom Sport ausgeschlossen. Ochse-

Ruhl, Wondratscheck und Ernesto der Schieber werden verprügelt. Doch gehören sie nicht zum Sportverein, haben damit nichts zu tun. Da der Sport ohne Beanstandungen abläuft, gesteht die Anstalt zwei weitere Sportstunden zu, Sonntag vormittags, in denen die Handballauswahlmannschaft trainieren kann. Die Sportler jubeln Blum zu. Darauf weist Blum Günter-Ohne-H an, die Verleiherzinsen wieder auf 50 Prozent heraufzusetzen. Zur Handballmannschaft gehören Rosato, Bäumler, Beck, Schütting und Blum. Beck allerdings nicht mehr lange, da er ausbricht. Von diesem Ausbruch distanziert sich der Sportverein. Der Vorsitzende Blum gibt im Namen des Vereins eine entsprechende und feierliche Erklärung ab.

Nach Ablauf von zwei Dritteln seiner Strafe wird Blum zum Anstaltsleiter gerufen.

„Blum", sagt er, „Sie sind entlassen. Wegen guter Führung. Packen Sie Ihre Sachen und gehen Sie zur Kammer. Sie waren lange hier, wir hoffen, aus Ihnen ist ein anderer Mensch geworden. Machen Sie weiter so!"

Die Verrohung des Franz Blum

Burkhard Driest

Lightning Source UK Ltd.
Milton Keynes UK
UKHW020637200720
366838UK00011B/964